岩 波 文 庫

31-062-4

恋 愛 名 歌 集

萩原朔太郎著

岩 波 書 店

目次

恋愛名歌集

我が愛する者よ。我等田舎にくだり、山里に宿らむ。恋茄(こひなす)かぐはしき香気に発ち、もろもろの佳き果物、古き新しき、共に我が戸の上にあり。われこれを汝の為に貯へたり。

雅歌　第七章自十一至十三節

序　言

世界のあらゆる文学中で、日本の和歌は最も特殊の存在である。第一に先ず、それは起原的に特殊である。なぜなら西洋や支那において、芸術的な韻文は多く叙事詩から発生し、次に遅れて抒情詩が生れるのに、日本では叙事詩と言う文学が発生しないで、最初から純粋抒情詩の和歌が生れた。（この特殊な事情は、もちろん国語の関係によるのである。日本語の韻律は柔軟で不規則であり、叙事詩の如きガッしりした建築的韻文の構成に適しない。（拙著「詩の原理」参照））こうした特殊の抒情詩は、見方によっては最も素朴な文学であり、未だ真の芸術詩が発達しない以前における、原始の単純な牧歌とも見られるだろう。しかるにそんなものでなく、「万葉集」等の歌は極めて高級な芸術であり、洗煉された文化的表現を尽して居る故、この方の見地で見れば、あるいは短詩形の尖端を行く、世界の最も進歩した抒情詩とも言えるであろう。

要するに日本の歌は、日本語の特殊な性質——実際それは世界的に特殊である——と関聯して、他国に類のない韻文である。したがってその芸術価値も独自であり、西洋の抒情詩等と優劣を比論し得ない。けれども他の日本語詩との比較においては、すくなくとも韻律構成の上において、歌が最も発達した神経を有して居る。本書の選歌評釈にも述べてる通り、古来の名歌と呼ばれる者が、いかに微妙な音楽を構成すべく、柔軟自由の不定則韻――それが日本語の特質である――を蹈んでるかを見よ。この点で過去の長歌・今様、及び明治の新体詩等の者は、その単調な同一律の反覆から、いたずらに読者を退屈させるのみであって、何等複雑の神経を持たない韻文である。さらに現時の所謂自由詩に至っては、ほとんど詩としての音楽要素が絶無であり、正直に言って一種の「行わけ散文」にしか過ぎないのだろう。

それ故に見よ。これ等すべての韻文は廃ってしまった。即ち長歌、今様は過去に亡び、新体詩また廃れ、そして最後の所謂自由詩は、今やその曖昧な韻文意識を抛擲して、自ら散文に解体しようと勉めて居る。時は惨酷な批判者であり、すべての存在する事物の上に、淘汰を厳重にするからである。しかるに独り、歌だけが昔から不易であり、今日に至ってなお廃らず、永久の生命を持ってるのは何故だろうか。けだし日本語の韻文として、過去現在のすべてを通じ、他にこれに換る者がないからである。換言すれば日本語として、歌が構成し得る最上の韻文である。

一つの本能的な事実として、詩は韻律と共に発生し、かつ韻律を求めて表現する。詩の概念定義は如何(いか)にもあれ、それが人を陶酔させる実の力は、主としてその文学に特有して居る、言語の魔力的な抑揚や節奏――それが広義の韻律である――に係って居る。この音楽から来る不思議の酔(よい)が、それ自ら「詩」と呼ばれる不思議の感情である故に、詩と韻律とは同字義であり、広義の韻文であることなしに、詩である文学は無いわけである。しかるに今日の日本においては、退屈な新体詩等を除いて、歌以外に一も真の韻文が無いのであるから、歌のみが唯一の現在する詩形である。我々の選択はこの点で決定されてる。諸君にしてもし詩を求め、真の韻律的なる詩的陶酔を欲するならば、結局して伝統の和歌を読む外(ほか)はない。もしそれに不満であったら、他は外国語の詩に行くのみである。外国語の詩は――西洋の詩でも支那の詩でも――すべて複雑な韻律で構成され、声調の美しい魅力に富んでる。

　とはいえ現代の詩形として、歌は多くの不満感を吾人(ごじん)にあたえる。明白に言って、吾人は歌の形式に不足であり、どこかに時代思潮との避けがたいギャップを感ずる。来るべき未来の詩壇は、当然過去の歌を破壊し、別の新しい韻文形式を造るだろう。(それ故にこそ、著者の如きも、今日歌を作らないで、未来詩形への建設的捨石たる自由詩等を、自ら意識して書いてるわけだ。)現代は過渡期であり、正に日本文化の大破壊時代である。むしろ今日の詩人の仕事は、創造でなくして破壊の方面にあるかも知れない。

だがそれだけ時代は悩み、心の荒寥とした空虚感から、過去の完成した美と芸術にあこがれて居る。とりわけ現代の過渡期詩壇――ああ！　そこには何物もない。――にとって、この憧憬は一層深く、昔の美しく完成した抒情詩が懐かしまれる。げに我々の詩人にとって、歌は美と芸術への恨めしき懐古である。

こうした詩人としての立場からして、著者はこの名歌選集を編纂した。他人のための出版ではなく、主として著者自身のための編纂であり、今日の韻文空白時代において、多少でも自分の渇情を医やすところの、日常愛吟の古歌を集めた。とはいえこの種の選集として、多少自ら誇る所がないでもない。著者は所謂歌人でもなく、また勿論歌学者でもないけれども、歌を一個の抒情詩として鑑賞する立場の上で、決して彼等の歌壇人に劣るとは思って居ない。のみならず著者は、今日の歌壇に対して尠なからぬ不満を持ってる。遠慮がちに言って今の歌壇は、決して歌の正統な道を歩いて居ない。すくなくともある本質の点において、彼等は歌の精神を蹈み外して居り、かつ偏狭固陋の妄見に捉われて居る。局外者たる著者の強味は、この点で一の修整を説くであろう。

西暦一九三〇年春

著　者

解題一般

歌が最も栄えたのは、上古から鎌倉時代の初期までである。この間に「万葉集」を始めとして、「古今集」、「後撰集」、「拾遺集」、「後拾遺集」、「金葉集」、「詞花集」、「千載集」、「新古今集」等の名勅撰歌集が版行され、日本歌史上の精華をことごとく尽してしまった。特にこれ等の中、「万葉集」、「古今集」、「新古今集」の三者は有名であり、日本古典の三大名歌集と呼ばれて居る。本書の選歌は主としてこの三歌集から取って居るが、他の六代歌集からも、概観的に極めて少数の秀歌を選んだ。

明治以後の復興歌壇は、歴史上においても空前の盛観を呈して居る。それで始めは以上の外に、明治以来の現代歌選を編入しようと思ったけれども、文献が広汎に亘って散佚して居り、選歌の基本とすべき者がないので止めてしまった。昔はたいてい半世紀ごとに、政府(朝廷)の命令で勅撰歌集が編纂された。明治以来既に半世紀を経ている今日、当然新日本歌集の編纂があるべきである。

選歌は六代集を別として、「万葉集」最も多く、「新古今集」これに次ぎ、「古今集」最もすくない。この比準は一に原本の総歌集と、一に内容実質の価値によったのである。

この書は「恋愛名歌集」と題するけれども、必(かならず)しも恋愛歌ばかりでなく、他の種類の名歌をも所々に編入して居る。故に標題を正しく言えば、「恋愛及びその他の名歌集」の意味なのである。ただし巻中の大部分は恋愛歌で、他は極めて少数の選にすぎない。何故にかく恋愛歌を主題にして、他を編外的に選歌したか？ けだしそれには必然の事情があるのだ。

「万葉集」二十巻、その中七割を占めるのが恋愛歌である。故に「万葉集」は、それ自ら一の「恋愛名歌集」と言うべきで、全巻の歌を普通の比例で選んで行っても、恋歌7に対する他が3の割合にしかならないのである。次に「古今集」、「新古今集」等の歌集になると、恋歌が全体の四十パーセントに減じて来るが、巻末の総論にも書いてる通り、「古今集」以後の歌では恋歌だけが生命であり、他の叙景歌や羇旅(きりょ)歌等に見るべき作が極めてすくない。故に実質としての比例で言えば、やはり選の大部分を恋愛歌が占めてしまう。

かく古来の歌集を通じて、恋愛歌が常にその中心であり、かつ実質的にも特に秀(すぐ)れて居るのは何故だろうか？　けだし恋愛は感情中の感情であり、人間情緒の最も強い高熱であるからして、抒情詩における最も調子の高い者は、常に必ず恋愛詩に限られて居る。即ち恋愛詩は抒情詩のエスプリであり、言わば「抒情詩の中の抒情詩」である。しかるに日本の歌は純粋の短篇抒情詩である故に、常にどの時代の歌集においても、恋愛歌が中枢機能となってるのは自然である。恋愛歌以外の者――風物歌や、叙景歌や、羇旅歌や――は、実際言って和歌の傍系にすぎないだろう。自然発生的の径路で言えば、和歌の本脈は恋愛歌である。したがって「日本名歌選集」は、それ自ら「恋愛名歌選集」に外(ほか)ならない。

本書の編纂は、始め単に歌だけを選集して、ポケット用の愛吟歌集にしようと思った。評釈や評論の如き蛇足は、一切入れる気がなかったのである。しかるに種々の事情からして、編纂の方針が変って来た為、巻末に各歌集の評論を附し、本文の歌にも簡単な註釈を書くことにした。しかし著者の真目的は、もとより愛吟歌集の編纂に存する故、註釈は出来るだけ簡潔にした。もし一々の歌について、字義や出所の詳細な解説を要求する読者があれば、よろしく既に刊行されてる歌書について、専門学者の研究を聞くべきである。著者はそうした学者でもなく、かつその種の詮索(せんさく)に興味を持たない。著者の古歌に求める所は、詩としての鑑賞的情趣を汲むに過ぎないのである。故に本書の評釈は、この点での暗示と手引のみを主眼にした。

評釈は「万葉集」に粗略であって、「古今集」以下の歌にやや丁寧である。これ今日の読者にとって、万葉の歌が比較的親しみ易く解り好いのに、古今以下の歌が却って難解で親み難いと思われるからである。

集中数多の歌について、特に韻律の構成を詳しく図解評釈した。前に序言で述べた通り、日本語には建築的、対比的の機械韻律がほとんどなく、その点外国語に比し甚だ貧弱であるけれども、一種特別なる柔軟自由の韻律があり、母音、子音の不規則な——と言うよりも非機械的な配列から、頭韻や脚韻やの自由押韻を構成して、特殊な美しい音律を調べるのである。この点において歌は最上の発達を遂げてるので、特にその代表的な作について例解し、韻律を分解して押韻図式を示して置いた。本書によって歌の韻律構成を知り、併せて日本語韻文の概念を知る読者があれば、著者にとっても一つの大きな悦びである。

巻末の「総論」には、万葉以下新古今に至るまでの、名歌集の概要批判を述べ、併せて歌の変遷を比較対論した。著者はもとより専門の歌学者ではないからして、ここで自己の研究を論ずるのでなく、勿論また独創の新説を述べるのでもない。ここの総論に書いてることは、歌壇識者間の平凡な常識にすぎないだろう。主意は一般読者の為に、本文選歌の鑑賞を便しようとしたにある。故に本書の一般読者は、最初に先ず巻尾の総論――即ち各歌集の概説紹介――を一読し、次に各集の選歌について味読されたい。おそらくはずッと理解を助けるだろう。

集中二、三の歌について、時に私見による改作をあえてした。著者は信ずる所があってしたのであるが、別の見地から冒瀆(ぼうとく)と呼ばれても仕方がない。ただし責任を明記する為、一々原歌を示して置いた。

歌の作者は、一々について掲げる必要を認めないので、特に注目すべき重要な人物と、何等(なんら)かの点で批判的興味のある作家だけを、評釈と共に註記して置いた。作者不明(読み人知らず)の分についても、一々断ることを止めた。

万葉集

たらちねの母が手離れかくばかり術(すべ)なきことは未(いま)だ為(せ)なくに

初めて恋を知った少女の心境を、率直切実に歌い出している。「万葉集」中よく知られた名歌の一。(註)「たらちね」は母の枕詞(まくらことば)。

かくのみし恋ひや渡らむたまきはる命も知らず年を経につつ

註。「たまきはる」は「命」の枕詞。

恋ひ死なば恋ひも死ねとや玉鉾(たまぼこ)の道行く人に言(こと)も告げなく

註。「玉鉾」は「道」の枕詞。

かくばかり恋しきものと知らませば遠く見つべくありけるものを

見わたせば近き辺(わたり)を徘徊(たもとほ)り今や来ますと待ちつつぞ居る

よしゑやし来まさぬ君を何せむに厭(いと)はず吾は恋ひつつ居らむ

うち日さす宮道を人は満ち行けど吾が思ふ君はただ一人のみ

註。宮道は宮城へ通ずる首都の中央大通。「うち日さす」は「宮」の枕詞であるが、同時に象景を兼ねて用いられてる。

備考　修辞上から見て、枕詞は序詞の一種に属して居る。そこで序には「有心の序」と「無心の序」がある如く（総論「奈良朝歌風と平安朝歌風」参照）枕詞にもまた「有心の枕詞」と「無心の枕詞」の二種があるわけである。前掲の歌のように、枕詞がそれ自ら内容の一部となり、想の景象や情象やを兼ねてる者は、即ち有心の枕詞と言うべきである。これに反して「もののふの八十氏川の網代木にいざよふ浪の行方知らずも」の「もののふ」の如きは、全く声調上の音律感を主とした者で、内容の想とは直接に無関係の修辞であるから、これを無心の枕詞と言うべきである。ただし修辞としての芸術的価値においては、両者もとより優劣がない。それぞれが別の目的関係に属するからだ。

わが背子に吾が恋ひ居れば吾が宿の草さへ思ひうら枯れにけり

恋するに死するものにしありもせば吾身は千度死に返らまし

剣太刀諸刃の鋭きに足踏みて死にも死になむ君によりては

欧洲中世紀の騎士たちは、恋人の愛に報いられることを幻想しつつ、戦場に屍を曝すのを名誉とした。ゲーテの若きエルテルは、恋人の前で断崖から飛び降りることを熱望していた。恋は一つの「忠義」であり、献身的感情の本源である。（それ故に「君」という語は、君主に対する忠義の敬称から転化して、後には恋人を呼ぶ称呼になった。）

石見のや高角山の木の間よりわが振る袖を妹見つらむか

別れて来た家郷の愛人を憶いながら、深山の中を分けて一人歩いて行く旅人の姿が目に浮んでくる。（註）上古は男女相別れる時、袖もしくは手布を振って情を惜んだ。この歌で「袖を振る」と言うのは、事実の行為を示したのでなく、この場合の心情を表象した語法であろう。他にも同じような歌が沢山あり、皆同じ語法で用いられてる。

笹の葉はみ山もさやに騒げども吾は妹思ふ別れ来ぬれば

前の歌と同境同趣であるが、蕭条たる景情がよく一致して、最も旅愁の深い名歌である。以上十二首は柿本人麿歌集に出て居る。(1) 異説もあるが大概は人麿自身の作であろう。

玉藻刈る敏馬を過ぎて夏草の野島の崎に船近づきぬ　編外秀歌

これは羇旅の歌であって本書の編外に属す。以下三首同じ。(註)夏草は野の枕詞。

ともしびの明石大門に入らむ日や漕ぎ別れなむ家のあたり見ず　編外秀歌

註。「ともしび」は明石の枕詞。

天ざかる夷の長道ゆ恋ひ来れば明石の門より大和島見ゆ　編外秀歌

註。「天ざかる」は夷の枕詞。

淡海の海夕浪千鳥汝が鳴けば心もしぬに古おもほゆ　編外秀歌

以上四首も柿本人麿の歌。人麿は万葉歌人中第一の情熱詩人で、かつ芸術的才能が群を抜いている。彼は想像力が発達していた為、その詩境は非常に多方面であるけれども、本領とすべきは主として恋愛詩と羇旅歌であった。その恋愛詩には火のような情熱が燃え、その旅情歌には郷愁の人に迫る音楽がある。後世の西行や芭蕉やも、人生を羇旅の中に過した郷愁の詩人であるが、思想が仏教の僧侶的遁世観に立ってるため、気宇が小さくいじけて居り、人麿の汪洋(おうよう)たる自然的雄大の諧調に及ばない。況(いわ)んや人生詩人として、後者は人麿の青春的情熱を全く欠いてる。けだし人麿は日本詩歌の歴史を通じて、唯一の巨大なる歌聖であり、真の抒情詩的抒情詩人の典型である。

誰(た)れぞこの吾が宿に来(き)呼ばふたらちねの母に叱(ころ)ばえ物思ふ吾を

男が外に来てしきりに呼び出しをかけてる。しかし女は母が怖くて出られないのだ。少女にとって母は恋愛よりも絶対である。愛が充分に目醒めるまで、彼女は母の前におどおどして、中間の苦悶に悩まねばならないだろう。そうした少女の心理も知らず、ひとむきに呼び出しをかける男に対して、怨恨を含む複雑な思いがよく歌われている。

魂(たま)し合はば相寝むものを小山田(さやまだ)の鹿田(ししだ)守(も)るごと母し守(も)らすも

少女にとって、母は宇宙における最高の愛人であり、唯一の絶対の権威者である。けれども恋が目醒める日に、最初の革命が起ってくる。彼等は母に対して叛逆し、その権威者の保護に対して、深い怨恨をさえ持つようになる。愛する者の魂(たま)だに合わば、我等は自由に逢うことが出来るのである。母は二人の仲を妨げ、小山田の鹿田を守る如く厳重に監督しているが、何たる愚劣なことだろうという一首の意味。母親に対する怨恨と叛逆の情が尽されている。

あしびきの山沢回具を摘みに行かむ日だにも逢はむ母は責むとも

母に叱られても構わない。恋人と一緒に春の野原へ摘草に行きたいという情熱を訴えてる。前の歌と同境異曲。(註)回具は草の名、芹の異名だと言う。「あしびき」は「山」の枕詞。

たらちねの母に障らばいたづらに汝も吾もこと成るべしや

女の方がいくらか年上なのであろう。姉が弟を叱るように、優しく男を戒めている。前掲「誰れぞこの吾が宿に来呼ばふ」の歌と対照して興味が深い。少年少女の可憐な恋である。

上毛野佐野の舟橋取り放し親は裂くとも吾は離るがへ

上三句は比喩である。「離(さか)るがへ」は離れまじの古語。

　等夜(とや)の野に兎窺(ねら)へりをさをさも寝なへ子ゆゑに母に叱(ころ)ばえ

比喩から推察して、田舎の猟師か農夫の娘の歌であろう。牧歌的野趣があって可憐である。（註）「寝なへ」は寝られずの古語。「子」は愛人をいとしんで言う言葉で、原文には「児」という字が用いてある。欧語で愛人を呼ぶ時、時に「私の児猫」とか「私のネンネ」とか言うのと同じ情痴的の表出である。因(ちなみ)に、「万葉集」で愛人を呼ぶ言葉には、「妹(いも)」「背(せ)」「君」「児」の四種が用いられてる。この中妹(いも)と背(せ)（もしくは背子(せこ)）は、互に情交関係があり、夫婦もしくはそれに近い親密の間に呼び交される。今の口語では「お前」「貴郎(あなた)」と呼ぶ場合の親しい言語である。勿論(もちろん)実際の関係はそうでなくとも、そうした情愛の気分を出す場合に用いられる。次に「君」は崇拝尊敬の意味を持ってる場合。即ち未だ互に深い情交がなく、相手の前に跪(ひざま)ずいて恋を訴え、遠く崇拝讃美の情熱を送ってる場合であって、これは情痴関係に入らない前の、純粋に騎士的なプラトニック・ラヴの言語である。もしくはまた、そうした愛情を表現する場合に使用される。今の口語ではこれに適合する言語がない。（口語の「あなた」には「君」のような崇拝感も親愛感もない。口語の「あなた」は細君が良人を呼ぶ時だけの愛情語である。）最後に「児」は上述の通りであって、愛人を子供のように嘗めつける可愛ゆさの表出である。故に「児」という字が正しいのだが、自分は他に思うところがあって、故意にこの書では「子」という字を代用した。

たらちねの母に知らえず吾が持てる心はよしゑ君がまにまに

同書十三巻には

たらちねの母にも言はず包めりし心はよしゑ君がまにまに

という別歌が出ている。「母に知らえず」と「母にも言はず」だけの相違であるが、前者の方には、どこか秘密を心ひそかに楽しんでいる余情があるので、いくぶん優っている如く思われる。

思ふにし余りにしかば術をなみ出でてぞ行きしその門を見に

うつつには逢ふ由もなし夢にだに間なく見え君恋に死ぬべし

朝寝髪われは梳（けづ）らじ美しき君が手枕（たまくら）触れてしものを

田園的野趣に富んだ万葉の歌として例外であり、むしろ平安朝以後の女流作家を思わせる。濃艶無比である。一説には人麿の作だと言う。

験（しるし）なき恋をもするか夕されば人の手巻きて寝なむ子ゆゑに

恋の対手（あいて）は人妻か、もしくは他に定まった情人があるのだろう。この場合の「人」は吾ならぬ人、即ち他人を指している。苦しい恋の心境を歌って秀歌である。

立ちて居てたどきも知らずわが心天（あま）つ空なり地（つち）は踏めども

常かくし恋（こ）ふれば苦し暫らくも心やすめむ事ばかりせよ

いつまでか生きむ命ぞおほよそに恋ひつつあらずは死なむまされり

註。「あらずは」は「あるよりもむしろ」の意味。

君に恋ひいたも術（すべ）なみ平山（ならやま）の小松が下（もと）に立ち嘆くかも

恋にもぞ人は死(しに)する水無瀬川(みなせがは)下ゆわれ瘦(や)す月に日にけに

以上二首、作者は笠女郎(かさのおとめ)。万葉女流中最も異色ある才媛である。「相思はぬ人を思ふは大寺の餓鬼の後(しりへ)に額づく如し」という豪放で奇警な歌を作って居る。

草まくら旅にし居れば苅薦(かりごも)の乱れて妹に恋ひぬ日はなし

註。「草まくら」は「旅」の枕詞。「苅薦」は「乱れ」の枕詞。

草陰の荒藺(あらゐ)の崎の笠島を見つつか君が山路越ゆらむ

わが心焼くも吾なり愛(は)しきやし君に恋ふるもわが心から

天地(あめつち)の神を祈りて吾が恋ふる君に必ず逢はざらめやも

大船を漕ぎの進みの岩に触り覆(かへ)らば覆(かへ)れ妹に寄りては

強い情熱の恋歌である。

世の中は空しきものと知る時しいよいよ益々悲しかりけり

大伴旅人の歌。この虚無的歌人の思想については、少し後に掲げる数首の歌がなおよく解説して居る。

山の峡そこにも見えずおとともひも昨日も今日も雪の降れれば　編外秀歌

平淡に歌って居ながら、広茫たる大自然の雪景をよく叙して居る。

慰むる心もなしにかくしのみ恋や渡らむ月に日に日に
離れ居て恋ふれば苦し夜昼につぎて逢見むことばかりせよ
浪高しいかに楫取水鳥の浮寝やすべきなほや漕ぐべき　編外秀歌

「いかに楫取」は「水鳥の浮寝やすべき」以下を舟夫に問いかけた言葉。声調の美を本位とした歌である。

暁と夜鴉鳴けどこの丘の木末の上はいまだ静けし　編外秀歌

黎明静寂の境を歌い、観照の精緻を尽した叙景歌である。

巻向の檜原もいまだ雲居ねば子松が末ゆ泡雪ながる　　編外秀歌

柿本人麿の作。深山の朝。静寂な自然の中で雪解けの流れてる感じがする。静の中に動があり、雄大の中に繊細な神経がある。前の歌と共に叙景歌中の名篇だろう。ただし人麿の歌として、こうした純観照的の叙景は珍らしく、むしろ異数に属して居る。

ほととぎす鳴きし即ち君が家に行けと追ひしは至りけむかも

言に云へば耳にたやすし少くも心の中にわが思はなくに

女が真剣になって訴えてるのを、男はわざと疑い、半ば戯弄って聞いてるのである。「言に云へば耳にたやすし」という急き込んだ調子の中に、女の苛々した気持が出ている。こんなに思ってるのが解らないの。じれッたいたらない！という口説であって、純粋の恋愛詩と言うよりはむしろ情痴詩と言うべき境地である。

あぢきなく何の痴言いまさらに童児言する老人にして

少年の恋は夢であり、青年の恋は浮気であり、中年以後の恋は死身である。老齢に達してのみ、人は真の恋愛を知り、恋愛の奥深い意味を知る。――人生は恋愛の遊戯に始まり、そして恋愛の情死に終る。――しかも老齢の恋愛は苦汁であり、反省の痛々しい悩みを伴う。「あぢきなく何の痴言」という自嘲の影に、嚙んで吐き出すような痛恨と、塩のように苦々しい涙が流れている。

難波びと葦火焚く屋の煤してあれど己が妻こそ常めづらしき

真に愛し合う夫婦にあっては、互に煤ぼけるほど情愛が深くなる。けだし一夫一妻制度のロマンチックな理想がここにあるのだ。しかも現代の悩みは、個性の自覚と社会の複雑な発展からして、こうした結婚制度の一般的幸運率を、次第に現実から失おうとしている事実にある。やがて一夫一妻制度は廃棄し、近く社会の情態は変るであろう。だが人心の未来を通じて、こうした理想的結合への憧憬のみは失われない。

燈灯の影に輝よふうつせみの妹が笑ひのおもかげに見ゆ

(註)「うつせみ」は現身、即ち幻影に対する現実である。

人妻に言ふは誰がこと小衣のこの紐解けと言ふは誰がこと

良人のある女が、自分に言い寄った男に対して手きびしく撥ねつけた歌である。調子が激して迫っているので、目前に男の無礼を詰問する怒った様子が浮んでくる。「万葉集」中よく知られた名歌の一。

天地にすこし至らぬ丈夫と思ひし吾や雄心もなき

これと同想の歌は集中に甚だ多い。比較のため次に二、三を掲出しよう。

丈夫の猛き心も今はなし恋の奴に吾は死ぬべし

剣太刀名の惜しけくも吾はなしこの頃のまの恋のしげきに

梓弓引きて許さぬ丈夫も恋とふものを忍びがてなく

これ等多くの類想中で、前掲の歌が特にずぬけて秀でて居る。おそらくは当時の武人の作であろう。上古の日本の武士道では、武勇と恋愛とが生活の両面の楯であった。

久方の天つみ空に照れる日の失せなむ日こそわが恋ひ止まめ

太陽を指して愛の永遠不変を誓う。いかにも男性的で雄大である。前掲の歌「天地にすこし至らぬ丈夫」の壮豪な自信と共に、万葉恋歌中の双璧として知られて居る。

思ひ出でて術なき時は天雲の奥所も知らに恋ひつつぞ居る

大崎の荒磯のわたり延ふ葛の行方もなくや恋ひわたりなむ

蕭条たる冬の日の海辺に来て、風に吹かれる海草を眺めながら、一人寂しく果敢ない恋を考えて居る。景情融和して寂しい歌である。上三句は「有心の序」。

馬柵ごしに麦喰む馬の罵らゆれど猶し恋しく忍びがてなく

馬は馬小舎の中で飢えている。いかに叱っても罵っても、なお柵ごしに馬桶の麦を喰おうとする。恋の情火も同じであり、到底禁ずることが出来ないとの意味。愛慾に燃える性の本能を、動物の飢餓本能に譬えたのが面白く、奇警であってしかも適切である。比喩から推察して、この作者もやはり農家の娘か青年であろう。

紫は灰さすものぞ海石榴市の八十の巷衢に逢ひし子や誰れ

上二句の意味は、隠してもすぐ色に現われると言うほどの事であろう。別に種々の異説がある。

能登の海に釣する海人(あま)の漁火(いさりび)の光にい行く月待ちがてら

敷島の日本(やまと)の国に人二人ありとし思はば何か嘆かむ

世界の中にただ二人、君と我とが愛し合ってる。人生の憂苦何するものぞ。我等なお戦わん！　恋愛歌としてこれほど力強く、感情の高調した表現は外にない。「万葉集」恋歌中の圧巻である。

よしゑやし死なむよ吾妹(わぎも)生けりとも斯(か)くのみこそは恋ひ渡りなめ

父母(ちちはは)に知らせぬ子ゆゑ三宅道(みやけぢ)の夏野の草をなづみ来(く)るかも

武蔵野の草はもろむきかにかくも君がまにまに吾(あ)は寄(よ)りにしを

信濃道(しなぬぢ)は今の墾道(はりみち)刈株(かりばね)に足踏ましむな履(くつ)はけ我が背(せ)

日の暮に碓氷(うすひ)の山を越ゆる日は背(せ)なのが袖もさやに振らしつ

以上二首、共に遠く旅に居る良人を憶って、留守中の妻が作った歌である。いずれも旅中の境遇を想像して、遠く家郷から思いを述べているので、この場合一層哀切の感が深い。二首ともよく知られた歌である。

利根川の河瀬も知らずただ渡り浪にあふごと逢へる君かも
高麗錦紐解きさきて寝るが上に何ど為ろとかもあやに愛しき

紐を解いて共寝するだけで嬉しいのに、またその上に抱きついて何をしようと迫るのだろうか。可愛くて可愛くてたまらない！という意味で、かなり猥褻に近い情痴詩ではあるが、上古人の文学における無邪気さと自然性とは、むしろ敬すべく学ぶべきであろう。

遠方の赤土の小屋に霖雨ふり床さへ濡れぬ身にそへ我妹
朝影に吾が身はなりぬ玉耀る仄かに見えて往にし子ゆゑに
夕されば晩蟬来鳴く伊駒山越えてぞ来ぬる妹が目を欲り
吾のみや夜船は漕ぐと思へれば沖辺の方に楫の音すなり

編外秀歌

恋歌ではないが万葉中秀歌の一である。静夜の海のある物寂しいノスタルジヤが、情趣深く行き届いた観照で歌われて居る。

朝床に聞けば遥けし射水川（いみづがは）朝漕ぎしつつ唱ふ船人　　編外秀歌

前の歌と同じく風物歌中の絶唱である。

夏の夜は道たづたづし船に乗り河の瀬ごとに棹（さを）さしのぼれ　　編外秀歌

夏の夜の水郷は潮来（いたこ）かヴェニスか。

堀江越え遠き里まで送りける君が心は忘らゆまじじ

あしびきの山沢ひとの多（さは）にあれど真名（まな）と言ふ子があやに愛（かな）しき

真名と言う愛人の名を歌に詠んでる。

恋繁み慰めかねて晩蟬（ひぐらし）の鳴く島かげに廬（いほり）するかも

安積香山影さへ見ゆる山の井の浅き心を吾が思はなくに

上三句までは序詞。

鳰鳥の息長川は絶えぬとも君に語らむ言尽きめやも

前と同じく三句までは序詞。喃々縷々、語りて尽きざるは恋の真情である。

君に恋ひいたも術なみ蘆鶴の哭のみし泣かゆ朝夕にして

わが故に思ひな瘠せそ秋風の吹かむその月逢はむものゆゑ

君が行く道の長路を繰り畳ね焼き亡ぼさむ天の火もがも

中臣宅守という人が、狭野娘子という女と恋に陥り結婚した。その新婚の早々、罪を得て遠国へ流刑に処せられたので、新婚の恋妻が離別の惜情に耐えずして慟哭し、多くの歌を作って断腸の思を述べた。これもその中の一首であって、ほとんど狂熱的な女の一心を絶叫している。

天地の無窮の中にわが如く君に恋ふらむ人は実あらじ

右同様、狭野娘子の別れた良人を恋うる歌。熱情極まり心緒を叩きつけたような歌である。

わが宿の松の葉見つつ我れ待たむ早や帰りませ恋ひ死なぬとに

同じく娘子の歌。(註)「恋ひ死なぬとに」は恋い死なぬ間(ま)にの古語。

帰りける人来(きた)れりと言ひしかば殆(ほとほ)と死にき君かと思ひて

同じく狭野娘子の歌。いつ帰って来るか解らない――おそらくは、永遠に帰って来ない――男の帰りを待(ま)ち焦(こが)れて、空だのめにして居る新妻の心緒を尽して憐れである。「殆(ほとほ)と死にき」という突発的の語法が非常に力強く利いてる。喜びのあまり正に卒倒しようとし、次に人違いのことを聞いて「君かと思ひて」と力無げに受けてる所、修辞の巧妙を尽している。

わが背子(せこ)が帰り来まさむ時のため命残さむ忘れたまふな

同じく娘子の歌。この境遇にあってこの情を述ぶ。正に断腸の至りである。

天地の神なきものにあらばこそ吾が思ふ妹に逢はず死せめ

流罪にされた宅守が、一方で娘子を恋うる歌を作り、遠く妻の熱情に応答している。これはその一首である。

わが門に千鳥しば鳴く起きよ起きよ我が一夜妻人に知らゆな

桜花いまぞ盛りと人は言へど我は寂しも君としあらねば

春日遅々として恨み長し。次に掲げる大伴家持の歌と対照して、春怨二曲の一双である。

うらうらと照れる春日に雲雀あがり心かなしも一人し思へば

前掲「桜花」の歌と共に、春怨慕情曲の一双である。青春悩み多く、恋を恋する永日の哀愁がよく歌われて居る。「万葉集」中の名歌である。

わが背子を大和へ遣るとさ夜更けて暁露に吾が立ち濡れし

あしびきの山の雫に妹待つと我れ立ち濡れぬ山の雫に

わが里に大雪降れり大原の古(ふ)りにし里に降らまくは後(のち)　編外秀歌

天武天皇御製。素朴で雄大な万葉の古風格を代表して居る。

旅にして物恋しきは山下の赤(あけ)のそほ船沖に漕ぐ見ゆ　編外秀歌

わが船は比良(ひら)の港に漕(こ)ぎ泊(は)てむ沖へな離(さか)り小夜ふけにけり　編外秀歌

いづくにか吾は宿らむ高島の勝野(かちぬ)の原にこの日暮れなば　編外秀歌

以上三首、高市黒人(たけちのくろひと)の羇旅の歌。皆絶唱である。

此所(ここ)にして家もやいづこ白雲のたなびく山を越えて来にけり　編外秀歌

河風の寒き長谷(はつせ)を嘆きつつ君が歩くに似る人も逢へや

風速(かざはや)の美保の浦回(うらわ)の白躑躅(しらつつじ)みれども寂し亡き人思へば

妹と来し敏馬(みぬめ)の崎を帰るさに独(ひとり)して見れば涙ぐましも

飫宇(おう)の海の潮干の潟の片思(かたも)ひに思ひや行かむ道の長道(ながて)を

宇治川を船渡せをと呼ばへども聞えざるらし楫の音もせず　　編外秀歌

しなが鳥猪名野を来れば有馬山夕霧たちぬ宿はなくして　　編外秀歌

この歌は「新古今集」にも採選されてる。非常に声調の美しい歌で、羇旅歌として前の「宇治川」の歌と共に「万葉集」中の秀逸である。（註）「しなが鳥」は枕詞。

命を幸くよけむと石ばしる垂氷の水を掬びて飲みつ　　編外秀歌

この歌は三十字音しかない。第一句の「命を」が四字音の為である。この字足らずの為に、歌が切迫した声調を帯び、如何にも潑剌とした生命力の緊張を感じさせる。なお「石ばしる」という枕詞が、内容と合って適切に用いられてる。

春日野に煙立つ見ゆ少女等し春野の菟芽子摘みて煮らしも　　編外秀歌

わが背子に我が恋ふらくは奥山の馬酔木の花の今盛なり

霞立つ春の永日を恋ひ暮らし秋の更け行きて妹に逢へるかも

あづさ弓引津(ひきつ)の辺(へ)なる莫告藻(なのりそ)の花咲くまでに逢はぬ君かも

註。「あづさ弓」は引(ひく)にかかる枕詞。この歌上三句までは序で、別に想としての意味を持たない。後世「古今集」以後において、この種の歌風が著しい発達をする。万葉におけるこの種の歌は、正にその先駆と見るべきである。

相思はずあるらむ子ゆゑ玉の緒の長き春日を思ひ暮さむ

註。「玉の緒」は枕詞。片恋の歌である。

藤浪の散らまく惜しみほととぎす今城(いまき)の丘を鳴きて越ゆなり
編外秀歌

奈呉(なご)の浦に船しばし借せ沖に出でて浪立ち来(く)やと見て帰り来む
編外秀歌

押照(おして)るや難波の津より船よそひ我は漕ぎぬと妹(いも)に告げこそ
編外秀歌

守備兵(防人)として遠く出征する兵士が、開帆にのぞんで妻に与えた歌である。「押照るや」という枕詞の強い語勢で、出征の勇ましい気分を出し、離別の悲哀を雄々しく押し切って行軍している。出征兵士の歌として傑作である。(註)「押照るや」は難波の枕詞。

今日よりは顧みなくて大君の醜の御楯と出で立つ吾は　編外秀歌

同じく出征軍人の歌。調子が勇ましくリズミカルなので、歩調を踏んで行く行進曲のような感じがする。こうした男性的で勇壮な軍歌と、スイートで情熱的な恋愛歌とは、上古における日本人の情操を支配した、二つの組曲的詩想であった。

川上に洗ふ若菜の流れ来て妹があたりの瀬にこそ寄らめ

東の市の植木の木垂るまで逢はず久しうべ恋ひにけり

わが背子は何所ゆくらむ奥つ藻の名張の山を今日か越ゆらむ

前掲「日の暮に碓氷の山を越ゆる日は背のが袖もさやに振らしつ」と同想異曲で、共に旅中の良人を憶う万葉歌中の秀逸である。作者は、当麻真人麿の妻。

春すぎて夏来(きた)るらし白妙の衣干したり天(あめ)の香具山　編外秀歌

春から夏の初にかけての、梅雨(つゆ)っぽく重たい空気、キラキラと照りつける明るい日光。そうした季節の変転と外景とが、印象派の絵のように強く浮き出して描かれている。万葉の風物詩中で、空気と光線を多量に描いた最も絵画的の名歌である。作者は持統天皇。

いざ子ども早く日本(やまと)へ大伴の御津(みつ)の浜松待ち恋ひぬらむ　編外秀歌

山上憶良(やまのうえのおくら)が支那に居た時、故国が恋しくなって作った望郷の歌である。全体に調子が急迫していて、帰郷の情の切々たるを感じさせる。

君が行(ゆ)き日(け)長くなりぬ山たづね迎へか行かむ待ちにか待たむ

かくばかり恋ひつつあらずば高山の岩根し巻きて死なましものを

大船の泊(は)つる泊(とまり)のたゆたひに物思(も)ひ瘠(や)せぬ人の子ゆゑに

橘の蔭(かげ)ふむ道の八衢(やちまた)に物をぞ思ふ妹に逢はずして

橘は古都の街路樹として植えられたものだと言う。前掲「うち日さす宮道を人は満ち行けど我が思ふ君はただ一人のみ」と対照して、遠き奈良朝の栄えた都を幻想させる。

春日遅々として行人絶えず、橄欖(かんらん)の蔭映る古都の美しい街路を彷徨しつつ、恋の悩みに悶えてる青年の姿が目に浮んでくる。絶唱である。

な思ひと君は言へども逢はむ時いつと知りてか吾が恋ひざらむ　編外秀歌

田児の浦ゆうち出でて見れば真白にぞ富士の高嶺(たかね)に雪はふりける　編外秀歌

作者は山部赤人(やまべのあかひと)。淡々たる叙景の中に雄大の風格がある。歌における古典美の規範とも言うべきだろう。

み吉野の象山(きさやま)の際(は)の木末(こぬれ)には幾許(ここだ)も騒ぐ鳥の声かも　編外秀歌

同じく山部赤人の歌。前の歌と共に叙景の秀逸である。気品が高く余韻が深い。

古(いにしへ)の旧き堤(つつみ)は年深み池の渚(なぎさ)に水草(みぐさ)生ひにけり　編外秀歌

同じくまた赤人の歌。一種静寂の境地はあるが、声調のぎこちなく悪いのが欠点である。

賢(さか)しみて物言ふよりは酒飲みて酔泣(ゑひな)きするにまさりたるらし　編外秀歌

験(しるし)なき物を思(も)はずは一坏(ひとつき)の濁れる酒を飲むべくあるらし　編外秀歌

世の中の遊びの道に寂しくば酔泣きするにありぬべからし　編外秀歌

今の世にし楽しくあらば来む世には虫にも鳥にも吾はなりなむ　編外秀歌

生ける者遂には死ぬるものにあらば今ある間(ほど)は楽しく居(を)らな　編外秀歌

以上五首は大伴旅人の歌。エピクロスの現実的快楽主義を思わせるが、情想の底にはやるせない絶望の嘆息が流れている。「酔泣きするにまさりたるらし」の感傷主義が、全体の基調になって歌われてるのだ。とにかく牧歌的の純情詩を本流とする日本において、この作者は唯一の珍しい観念的哲学歌人と言わねばならぬ。

山の端に味鳧群騒ぎ行くなれど吾は寂しゑ君にしあらねば

情と景とがよく一致した秀歌である。作者は斉明天皇。(註)味鳧は雁鴨の一種、常に群をなして飛ぶ。「寂しゑ」は「寂しも」と同じであるが、「ゑ」は外に向って訴え、「も」は内に向って沈思する。この歌の場合は「寂しゑ」の方が適切である。

秋されば見つつ忍べと妹が植ゑし庭の石竹咲きにけるかも

わが背子は物な思ほし事しあれば火にも水にも吾無けなくに

女性の歌として、最も凜烈たる気概をもってる。正に貞烈の極みと言うべし。作者は安倍女郎。

われも思ふ人もな忘れそ大なわに吹く浦風の止む時なかれ

憶良等は今か罷らむ(2)子哭くらむその彼の母も吾を待つらむぞ

編外秀歌

山上憶良が宮中の宴会に呼ばれた時、留守の妻子を思って作った歌である。自分は歓楽の席に列して居るけれども、家では妻子が寂しく自分の帰りを待ってるとの意で、如何にも家庭人らしい地味な性格を思わせる。憶良は他にも「白銀も黄金も玉も何せむに優れる宝児に如かめやも」という短歌や、「瓜食めば児共思ほゆ、栗食めば況して忍ばゆ、何所より来りし者ぞ。」というような子供孝行の詩を作ってる。純粋の家庭人的性格者である。妻と言わずして、その哭く児(彼)の母と言ってるのが非凡である。

編外秀歌

世の中を憂しと恥しと思へども飛び立ちかねつ鳥にしあらねば

同じく山上憶良の作。この人は晩年ひどく窮乏して、貧窮問答という厭世的な詩を書いて居る。「天地は広しといへど、吾が為に狭くやなりぬ。日月は明しといへど、吾が為に照りや給はぬ。人皆か、吾やは然る。」と嘆き、更に悲惨な家庭を叙して「父母は枕の方に、妻子どもは足の方に、囲み居て憂ひ沈吟ひ、竈には火煙立てず、甑には蜘蛛の巣掻きて、飯炊ぐことも忘れぬ。かくばかり術なきものか、世の中の道。」と窮乏を悲しんでいる。上掲の歌はこの長歌の後に反歌として掲げたもの。当時、武勇と恋愛とを生命としていた花やかな浪漫時代に、こうした自然主義的な陰鬱の生活歌人が居たことは異例であり、快楽主義の哲学歌人大伴旅人と対照して、上古歌壇の一異彩である。

術(すべ)もなく苦しくあれば出で走り往(い)なむと思へど児等に障(さや)りぬ　編外秀歌

これも同じく山上憶良の歌。同じ貧窮問答の長歌(3)「年長く病みし渡れば、月重ね憂(うれ)ひさまよひ、ことごとは死なむと思へど、五月蠅(さばへ)なす騒ぐ子供を、棄(うつ)てては死には知らず、見つつあれば心は燃えぬ。かにかくに思ひ煩(わづら)ひ、音(ね)のみし泣かゆ。」の反歌であって、人生の労苦を尽した生活者の苦い涙が、張りつめた歌の中で絶望的に歔欷(きょき)して居る。けだし憶良の如きは、一の性格的悲劇詩人と言うべきだろう。

悔しきかもかく知らませば青によし国内(くぬち)ことごと見せましものを　編外秀歌

長く連れそった糟糠(そうこう)の妻が死んだので、大伴旅人が嘆いた歌である。(4)こうした場合の実情として、だれも妻に対して持つ悔恨だろう。(註)「青によし」は枕詞。

吾のみぞ君には恋ふる吾が背子が恋ふといふことは言(こと)の慰(なぐ)さぞ

思へども験(しるし)もなしと知るものを如何にここだく吾が恋ひ渡る

恋ひ恋ひて逢へる時だに愛しき言つくしてよ長くと思はば
世の中し苦しきものにありけらく恋に耐へずて死ぬべき思へば
今は吾は死なむよ吾が背生けりとも我れに寄るべしと言はなくに

以上五首、坂上郎女の歌⑤。片恋の切ない情を尽して哀れである。なかんずく最後の歌「今は吾は死なむよ」という調子が、切羽つまった情熱の吐息を詠み出している。坂上郎女は「万葉集」中第一の才媛である。

思ふらむ人もあらなくに懇ろに心つくして恋ふる吾かも
相見ては幾日もへぬに幾許も狂ひに狂ひ思ほゆるかも
相見ては暫らく恋は和ぎむかと思へどいよいよ恋まさりけり
人もなき国もあらぬか吾妹子と携へ行きて副ひて居らむ

以上四首、大伴家持の作。最後の歌が特別に秀れて居り、万葉恋歌中の一名歌である。家持は旅人の子で、人麿、赤人に次ぐ「万葉集」の首脳歌人である。彼は当時第一の艶福家で、多くの才媛に恋されて居た。しかし彼の本領は恋愛歌でなく、むしろその幽玄な心象歌や象景歌の方にあった。それらの歌は繊細巧緻の風格を持ち、原始万葉歌風の素朴豪壮から転化して来た、後期万葉歌風の技巧的な一新体を代表して居る。

直に逢ひて見てばのみこそ魂きはる命に向ふ吾が恋止まめ

「命に向ふ」という言葉が突入的で非常に強い。作者は中臣女郎で家持に贈った恋歌。上古の女流歌人の歌は、概して情熱が一直線で男のように猛烈である。（註）「魂きはる」は「命」の枕詞。

春されば我家の里の川門には鮎児さばしる君待ちがてに

清楚で引きしまった感じの好い歌である。作者は無名の女であるが、如何にも才気の溌剌たる者を感じさせる。

あしびきの山にも野にも御猟人征矢手ばさみ散乱れたり見ゆ

編外秀歌

自然の風物を叙景する歌人として、山辺赤人は「万葉集」中の第一人者である。その代表作として知られたものに、古来「田児の浦ゆ打ち出でて見れば」や「若の浦に潮みちくれば潟をなみ葦辺をさして田鶴鳴き渡る」等の歌があるが、著者としての私見では、上掲の一首が特にすぐれて赤人の代表的名歌だと思われる。天皇狩猟の時の光景を歌ったもので、山野一面に遠く散動する猟人の群が、雄大曠茫の展望の中で動くように描かれている。宛として一幅の大パノラマである。実朝の歌「武士の矢並つくろふ小手の上に霰たばしる那須の篠原」の如き、これと類想であるが規模が遥かに小さい。けだし万葉叙景歌中の圧巻だろう。

さ夜更けて堀江漕ぐなる松浦船楫の音高し水脈早みかも　編外秀歌

大伴の三津の浜辺をうち曝し寄り来る浪の行方知らずも　編外秀歌

鮎市潟潮干にけらし知多の浦に朝こぐ船も沖に寄る見ゆ　編外秀歌

紀の国の雑賀の浦に出で見れば海女の燈火浪の間に見ゆ　編外秀歌

粟島に漕ぎ渡らむと思へども明石の門浪いまだ騒げり　編外秀歌

風早の三保の浦回をこぐ舟の舟人動む浪立つらしも　編外秀歌

名児の浦を朝こぎ来れば海中に水夫ぞ呼ぶなるあはれその水夫　　編外秀歌

以上七首、皆海洋を歌っている。万葉以後、日本には海洋を歌う詩人が一人も居なくなってしまった。海洋詩は万葉歌人の特色であり、しかもそれがまた特に秀れて居る。万葉の海洋詩には、いずれも茫洋たる海の遠音を聞かせるような、不思議な荘重の音楽があり、貝殻に耳をあて大洋の響を聞く如き、ある種の縹渺たるノスタルジヤを感じさせる。この海洋詩における上古人の郷愁は、思うに彼等の近い先祖が、大陸の方から海を渡って移住して来た時の記憶であり、遠い母郷への未知の回想によるのであろう。なかんずく彼等の中で、海洋詩における郷愁の音楽を高く奏したのは、実に柿本人麿を以て第一とする。前掲の海の歌も、大部分は人麿の作だろうと言われて居る。

佐保河の清き河原に鳴く千鳥蛙と二つ忘れかねつも　　編外秀歌

静けくも岸には浪の寄せつるかこれの家通し聞きつつ居れば　　編外秀歌

海近い家の中で、静かに坐って心を澄ますと、岸に寄せる浪の音が聴えてくるという意味。如何にも静かな閑寂の境地であり、幽玄で象徴味の深い歌である。「これの家通し」という句が重心になって働いている。万葉叙景歌中の絶品。

　山の端にいざよふ月を何時とかも吾が待ち居らむ夜は更けにつつ

月を待つのでなく、恋人を待っているのである。人麿の作⑥。

　妹がため貝を拾ふと紀の国の由良の岬にこの日暮らしつ

春日遅々。思慕纏綿。

　妹が手を取りて引き攀ぢ打ち手折り吾が挿すべき花咲けるかも

　君なくば何ぞ身よそはむ匣なる黄楊の小櫛も取らむと思はず

　さ丹づらふ妹を思ふと霞立つ春日もくれに恋ひわたるかも

艶に悩ましい調べをもった歌である。(註)「さ丹づらふ」は妹の枕詞。羞かしげに頰を赤らめた女の形容語である。

わが背子に恋ひて術なみ春雨の降るわき知らに出でて来しかも

春雨霏々として降り、思慕終日止まず。前の「さ丹づらふ」と一双の名歌である。

春の野に菫摘まむと来し吾ぞ野をなつかしみ一夜宿にける　編外秀歌

霰ふりいたも風ふき寒き夜や旗野に今宵わが独り寝む　編外秀歌

小夜中と夜は更けぬらし雁が音の聞ゆる空に月渡る見ゆ　編外秀歌

この歌は「古今集」に採選されてる。「小夜中と夜は更けぬらし」という句が、如何にも静夜の感じをよく響かせて居る。

秋の田の穂向のよれる片よりに吾は物思ふ情なきものを

君待つと吾が恋ひ居れば吾が宿の簾うごかし秋の風吹く

額田女王の名歌。

春されば木がくれ多き夕月夜おぼつかなしも山蔭にして　編外秀歌

春の暮景を詠んだ歌の中で、最も詩趣と余情の深い集中の名歌である。「後撰集」に採選されてる。

今さらに雪ふらめやも陽炎の燃ゆる春辺となりにしものを　編外秀歌

石ばしる垂氷の上のさ蕨の萌え出づる春になりにけるかも　編外秀歌

以上二首は、「新古今集」に採選されてる。

うちなびき春来るらし山の際の遠き木末の咲き行く見れば　編外秀歌

山の際の雪は消ざるを激ぎらふ川の柳は芽生えけるかも　編外秀歌

霞立つ野の上の方に行きしかば鶯鳴きつ春になるらし　編外秀歌

山吹の咲きたる野辺のつぼ菫この春の雨に盛なりけり　編外秀歌

この辺に掲げた歌は、すべて皆万葉後期の代表歌であり、後の「古今集」や「新古今集」と相通ずる繊鋭巧緻の詩境に成って居る。原始「万葉集」の情熱や荘重は既になく、代りに客観的の観照が鋭どくなり、叙景歌としての神経が細かく働らいて居る。

草枕旅に物思ひ吾が聞けば夕かたまけて鳴く蛙かも　編外秀歌

夕されば衣手寒し高松の山の木毎に雪ぞ降りたる　編外秀歌

甚だも降らぬ雪ゆゑこちたくも天つみ空は曇らひにつつ　編外秀歌

雪曇りの日の鈍暗な空を描いて、自然写景の妙を得ている。かつ「こちたくも」という句によって、天候の暗鬱から来る主観の重圧された気分を書いてる。前掲の歌「静けくも岸には浪の寄せつるか」と共に、観照詠歌の双絶である。

春の園　紅匂ふ桃の花した照る道にいで立つ乙女　編外秀歌

妖艶な桃李の花の下に、美人が大勢群って居るのは、支那人の幻想する極楽で、所謂桃源郷のイメージである。作者は万葉末期の歌人大伴家持で、もちろん当時の支那文学

（隋唐文学）から聯想（れんそう）を得たものだろう。「万葉集」の主潮たる素朴な実情実詠主義も、この辺になるとイマジズムの傾向を生じ、後世「古今集」以後に発達した空想的構成主義に行こうとしている。とにかく変った歌である。

わが宿のいささ群竹（むらたけ）ふく風の音のかそけきこの夕（ゆふべ）かも　　編外秀歌

作者は同じく大伴家持で、繊細な行き届いた観照から、心境的に沈降してくる静観の詩境を歌っている。しかしこの辺の末期になると、「万葉集」もその剛健雄大なる自然的素朴性を全く失い、繊細巧緻の別派な歌風に変化して居る。即ち「万葉集」一巻はここに終り、次いで「古今集」以後の新しい歌壇が擡頭（たいとう）して来るのである。

古今集

ほととぎす鳴くや五月(さつき)の菖蒲草(あやめぐさ)あやめも知らぬ恋もするかな

「古今集」恋の部の巻頭に出ている名歌である。時は初夏、野には新緑が萌え、空には時鳥(ほととぎす)が鳴き、菖蒲(あやめ)は薫風に匂っている。ああこのロマンチックな季節！　何ということもなく、知らない人ともそぞろに恋がしたくなるという一首の情趣を、巧みな修辞で象徴的に歌い出してる。表面の形態上では、上三句は下の「あやめも知らぬ恋もするかな」を呼び起す序であるけれども、単なる序ではなくして、それが直ちに季節の風物を写象して居り、主観の心境と不離の有機的関係で融け合って居る。しかも全体の調子が音楽的で、丁度そうした季節の夢みるような気分を切実に感じさせる。けだし「古今集」中の秀逸であろう。

備考　昔の歌人の多くは、この歌から五月雨(さみだれ)頃の陰鬱な季節を感じ、いつも雨が降ってる曇暗の空の下で、菖蒲がしおれて居るような恋悩みの意に解して居る。旧暦の五月は今の六月に相当するから、原作者の心意に浮んだ表象としては、あるいはこうした解釈の方が当るか知れない。(註)「あやめ」は「闇明」で、物の定かにわからぬ朧(おぼ)ろげの状態を言う。

秋風の吹きうらがへす葛の葉のうらみても尚うらめしきかな

修辞上の構成は前の歌に同じ。即ち上三句までは「うらみても」を呼び出す序であって、同時に一方では心境の象景になって居る。「うらみて」は葛の葉の「裏見る」と「恨みる」とを語路で掛けてる。

情なきを今は恋ひじと思へども心よわくも落つる涙か

実情をそのまま率直に歌って居る。巧はないが真情の深い歌である。

思ふともかれなむ人を如何せむあかず散りぬる花とこそ見め

如何に熱心に思ったところで、先方が冷淡に成って行くのだから仕方がない。見あかぬ花に春の名残りを惜しむように、あきらめてしまう外はないという意味で、悲しい恋の断念を暮春の艶な怨に比喩したのが適切である。(註)「かれる」は「枯れる」の転化で、人の心に秋風が立ち、自分から迂遠になることを言う。

春日野の飛火(とぶひ)の野守(のもり)出でて見よ今幾日(いくか)ありて若菜つみてむ　　編外秀歌

「古今集」に出ているけれども、歌の風格は万葉風で、作者はもちろん奈良朝時代の人である。恋歌ではないが、素朴の中に情味が深くて好い歌である。(註)飛火は地名。野守は野の番人。

春日野は今日はな焼きそ若草の妻もこもれり我れもこもれり　　編外秀歌

前同様、やはり万葉時代の歌であろう。若草の萌える早春の野に、新婚の愛人が連れ立って摘草をして居る。草を焼くのは新芽の生長をうながす為で、冬の終りにする野守の行事だから、春のまだ極めて浅いことを示して居る。したがって若草と言う新妻(にいづま)の枕詞が、肉感的に生々(いきいき)として来るわけである。如何にも人生の春を感じさせる明るい詩で、うら羞(はず)かしげな新婚の希望と悦楽とに充たされてる。

遠近(をちこち)のたづきも知らぬ山中におぼつかなくも呼子鳥(よぶこどり)かな　　編外秀歌

「古今集」以後の風物歌が詰(つま)らないのは、詩材が類型的退屈の季題趣味——春は鶯秋は紅葉と言うような——に捉われて居るからである。花合(はなあわせ)の十二箇月みたいな歌に、今日僕等は何の刺激も感じ得ない。ただ稀(ま)れに集中、そうした季題に捉われない歌がある時、始めて感興を以て接し得られる。上掲の歌の如きその例外の一首である。（註）「たづき」は頼る所、即ち方角の意味。「呼子鳥」は山中に鳴いてる鳥、即ち鳴鳥の意味に解すべきだ。しかるに昔の歌人等は、これを禽鳥画譜(きんちょうがふ)に調べて種々のむずかしい詮議をして居る。古人往々にしてこの愚を勉む。笑うべきである。

　時鳥(ほととぎす)ひと松山に鳴くなれば我れうちつけに恋まさりけり

松山を「待つ山」に掛けてる。作者は紀貫之(きのつらゆき)。

　逢ふことのもはら絶えぬる時にこそ人の恋しきことも知りけれ

　侘(わ)びはつる時さへ物の悲しきはいづこをしのぶ涙なるらむ

　天雲(あまぐも)のよそにも人はなり行くかさすがに目には見ゆるものゆゑ

常に逢って話はして居るけれども、対手(あいて)の心は次第に自分から離れて遠ざかって行くとの意である。いっそ逢わないなら断念られるが、逢って目に見えてるだけ、さすがに断念られないと言う女心の切ない未練が、いかにも恨みがましく寂しそうに歌われて居る。「天雲のよそ」という比喩が非常によく、青空に浮ぶ雲の向うに、遠く秋風の吹くような聯想を表景して居る。そこで「目に見ゆる」という言葉が、言外に二重の意味を匂わして来る。即ち虚空に消える雲ならば見えないが、目前に居る愛人は目に見えるのである。したがってこの場合、「さすがに」という言葉が非常に強く響いてくるので、一方では天雲の方に掛けておきながら、一方では断念ようとして断念られない未練の心緒を、女らしい口惜しさで言い切って居る。こうした巧緻の技巧と複雑な表現とは、「古今集」を創始として起ったもので、素朴な「万葉集」には見ることが出来なかったものである。

忘れ草なにをか種と思ひしは情なき人の心なりけり

忘れた罪は自分になく、無情な先方の側にあるという怨言で、一寸した比喩は使って居るが、比較的率直に恋の真情を歌っている。

備考　「万葉集」で愛人を呼ぶ時には、多く「妹」「背」「君」等の語が用いられた。

しかるに「古今集」以後になってくると、妹、背等の語は廃棄され、男女共に主として君という語を用いた。しかし更らに最も多く使用したのは「人」という言葉であった。人という言葉は、「万葉集」では我ならぬ一般の人、即ち他人を指したのである。(例。験なき恋をもするか夕されば人に巻かれて寝なむ子ゆゑに。) しかるに「古今集」以後になって来ると、人という言語が専ら愛人の意味で使用されてる。前掲「天雲のよそにも人はなり行くか」でも「思ふともかれなむ人を如何せむ」でも、すべてその例である。

こうした言語の変転は何故だろうか？　一言にして言えば具体的の恋愛歌から、より象徴的な恋愛歌へと、情操が展開して来たのである。妹とか背とか言う言葉は、夫婦関係に近い恋仲を指すのであって、関係の対象が最も具体的にはっきりしている。これに比して君という語は、もっと一般的な関係で使われるだけ、多少ややぼんやりした感じをあたえる。さらに「人」と言う言語になると、語の外延が極めて広く漠然として来るので、意味が具体的でなく朦朧とし、どこかに象徴的な余情をさえ含蓄してくる。

「古今集」以後の歌風は、万葉の具体的な恋愛歌から展開して、そうした象徴的の恋愛歌に向って進んだのである。故に妹よりは君がよく、君よりも人がよく、語意の狭く限定されない広義の者ほど、詩想の内容に適当して、余情と含蓄とに富むわけである。前の歌「天雲のよそにも人は成り行くか」の如きも、人とぼんやり指してるから好いのであって、これを「君」とはっきり言ってしまっては、歌の含蓄する余韻の情趣が死んでしまう。他の多くの歌も皆これに同じである。

冬枯の野辺と我が身を思ひせば燃えても春を待たましものを

冬枯の野であったら、草を焼いて春の若芽が出るのを待つが、自分はいくら燃えても永遠に愛される望みがないという嘆息で、冬枯の野辺の比喩が、一方では憔悴した身心の形容を兼ねて居る。歌いぶりは素直ですらすらしているが、底に女らしい情熱が籠って居る。作者は伊勢(いせ)。

夢にだに逢ふとは見えじ朝な朝な我が面影に恥づる身なれば

同じく伊勢の歌で、容貌の衰えを恥じて恋人に逢うまいとする、女らしい心境を歌っている。しかもその憔悴が、片恋の切ない苦悶から来て居るのだから、二重にいじらしく可憐である。因(ちなみ)に「古今集」の重要な女流歌人は、僅かに小野小町(おののこまち)と伊勢の二人しかない。しかも小町は中流の歌人であり、伊勢とてもそれほど大した秀才ではない。これを上古の万葉に比し、さらに後世の新古今時代、才媛一時に現われて百花の妍(けん)を競った盛時に比すれば、「古今集」は正に冬枯の野辺であり、女流歌人の最も貧しい不漁時(しけどき)と言わねばならぬ。

来ぬ人を待つ夕暮の秋風はいかに吹けばか侘(わび)しかるらむ

想は普通だが調子が極めて流暢である。流暢と言う意味は、一つの語から一つの語へ移って行く音韻の関係が自然であって、言葉が次々に転(ころが)って行く音律の自然美を言うのである。「古今集」の歌風は、この流暢と言うことに重きを置いた。「新古今集」になってくると、同じ音楽中心でも少し美の標準が変るのである。

恋ふれども逢ふ夜のなきは忘れ草夢路にさへや生ひ茂るらむ

これも古今調の典型で、前の歌よりもっと美しく流暢である。

わが宿は道なきまでに荒れにけり情(つれ)なき人を待つとせし間(ま)に

作者は僧正遍照(そうじょうへんじょう)。写本には「道もなきまで」とあるが、どうも調子が悪く落著(おちつ)かない。「道なきまでに」が本格だろう。

今は来じと思ふものから忘れつつ待たるることのまだも止まぬか

来ないと知りながら、つい忘れては待ち焦れる恋の心がよく歌われて居る。修辞も巧みで抜目がなく、調子もよく緊張している。

花がたみ容貌ならぶ[7]人のあまたあれば忘られぬらむ数ならぬ身は

作者不明(読みひと知らず)であるけれども、勿論女の作った歌である。平明であって情趣が深く、艶麗の中に一脈の哀愁が漂って居り、「古今集」の中でも特に秀れた佳い歌である。(註)「花がたみ」は花を摘み入れる籠。花筐。

逢ひ見ねば恋こそまされ水無瀬川なにに深めて思ひそめけむ

逢わなければ益々恋しさが増って来る。「なにに深めて思ひそめけむ」という語調の中に、どうしてこんな深い恋に陥入ったろうと、自ら怪んで嘆息するような情趣がある。(註)水無瀬川は固有名詞であるけれども、水の無い川という字義に使用されてる。「恋こそまされ」の「まさる」、「なにに深めて」の「深む」、共に川の水量や水準に掛けて言う縁語である。

来(こ)めやとは思ふものから蜩(ひぐらし)の鳴く夕暮は立ち待たれつつ

この種の同想の歌はたくさんあるが、集中でこの一首が卓絶して秀れて居る。蜩のなく薄暮の空に、恋の哀愁が漂うような絶唱である。作者は不明。

たまかづら今は絶ゆとや吹く風の音にも人の聞えざるらむ

消息の絶えてしまった恋人を、寂しく怨んでいる歌である。(註)「たまかづら」は蔦科に属する植物の名で「絶ゆ」の枕詞だが、むしろ縁語のように使用されてる。

月やあらぬ春や昔の春ならぬ我が身ひとつはもとの身にして

在原業平(ありわらのなりひら)の歌で古来名歌として定評されてる。別れた昔の恋人を思い、今の孤独を述懐した歌。

見ずもあらず見もせぬ人の恋しくばあやなく今日や眺め暮さむ

外で一寸(ちょっと)見た女に恋を感じて詠んだ歌。「あやなく今日や眺め暮さむ」という句によって、季節が春の永日であることを聯想させてる。作者は同じく在原業平。

君や来し我れや行きけむ思ほえず夢か現か寝てか醒めてか

作者不明（読みひと知らず）とあるけれども、歌の格調から推察してこれも業平の作であろう。業平はこうした調子の高い、重韻律でリズミカルの歌を好んで作った。彼は時の政府に反抗して一世に放縦し、入御の定まった皇后を誘惑して駆落ちしたり、腕力を振って皇太子を床の上に叩きつけたりした。言わば一種の暴力的テロリストで、単身藤原氏に復讐を計画した快漢である。したがって彼の歌には気概が強く、格調上にも奇骨の稜々たるものがある。正に一代の英雄的恋愛詩人であるけれども、芸術家としての天分はさのみ高い方でなく、勿論人麿等の万葉歌人に比して劣って居る。貫之が評した如く、彼の歌は意気余って言葉足らず、気概に克って情操に至らぬ恨がある。しかし凡庸歌人の凡庸歌集たる「古今集」の中で見れば、流石に何と言っても独歩の特色ある大歌人で、他に比肩する者を見ない。

咲く花は千草ながらに仇なれど誰かは春を恨みはてたる

どの女もどの女も、皆無情で恨めしい奴ばかり。言いたい怨言はたくさんあるが、さりとて憎み切ることも出来ないと言う意味。幾度も裏切られて失恋し、女を憎みながらしかも愛に心を惹かれている、悩ましく未練の心緒がよく歌われて居る。作者は藤原興風(ふじわらのおきかぜ)。

ほととぎす鳴く声きけばあぢきなく主(ぬし)さだまらぬ恋せらるはた

前掲「ほととぎす鳴くや五月の菖蒲草あやめもわかぬ恋もするかな」と同想異曲の歌である。やはり初夏の季節における、人恋しく浪漫的な気分を歌って居る。作者は素性法師(そせいほうし)。（備考）写本には「初声きけば」とあるが、他本には「鳴く声きけば」と出て居る。「鳴く声」の方が落著きがあって好いようである。

大空は恋しき人の形見かは物思ふごとに眺めらるらむ

恋は心の郷愁であり、思慕(エロス)のやる瀬ない憧憬(あこがれ)である。それ故に恋する心は、常に大空を見て思(おもい)を寄せ、時間と空間の無窮の涯(はて)に、情緒の嘆息する故郷を慕う。恋の本質はそれ自ら抒情詩であり、プラトンの実在(イデヤ)を慕う哲学である。（プラトン曰(いわ)く、恋愛によってのみ、人は形而上学の天界に飛翔し得る。恋愛は哲学の鍵であると。）古来多くの歌人等は、この同じ類想の詩を作っている。例えば「万葉集」十二巻にも「思ひ出でて術(すべ)

なき時は天雲の奥処(おくか)も知らに恋ひつつぞ居る」等がある。しかしなかんずくこの一首が、同想中で最も秀れた名歌であり、縹渺(ひょうびょう)たる格調の音楽と融合して、よく思慕の情操を尽して居る。「古今集」恋愛歌中の圧巻である。

　曇り日の影としなれる我れなれや目にこそ見えね身をば離れず

曇天には日光がささないから、地上の影が目に見えない。しかし実際にはいつも身に付いて動いて居るのだ。この比喩を恋にかけて、いつも人の心に付き添ってる自分の思を歌ったもの。比喩の面白味が取柄である。

　陸奥(みちのく)の信夫(しのぶ)もぢずり誰(たれ)ゆゑに乱れそめにし我ならなくに

上二句までは序であって、四句の「乱れる」と言うことに掛る形容。この歌はラリルレロとマミムメモを主調に用い、ＲとＭの子母音を重ねて、微妙な押韻律を構成して居る。ためにあたかも物が吹き乱れてるような音象を起させるのである。この種の調子本位の音象詩は、「古今集」のこの辺から発生して行き、後に「拾遺集」「後拾遺集」以後にかけ著しい発達をした。（註）「信夫もぢずり」は奥州の信夫で出来る摺物(すりもの)の名。模様の摺りが乱れて居るので、心が乱れる比喩に用いた。この歌「古今集」には「乱れむと思ふ」とあるが、「百人一首」には「乱れそめにし」とある。歌意からも声調からも、「百人一首」の方が好いようである。

くれなゐの初花ぞめの色深く思ひし心我れ忘れめや

初花とあるので初恋の意を通わしている。始めて男を知った処女が、羞かしげに深く思い入った歌で、童貞紅潮、桃の蕾がほころびるような感じがする。

わが背子が衣の袖を吹きかへしうら珍らしき秋の初風　編外秀歌

万葉時代の歌風である。これは秋の季節が主になってるから、恋歌の部には入らない。

吹くからに秋の草木の凋るればうべ山風を嵐といふらむ　編外秀歌

この歌には「古今集」一流の理窟があり、見方によっては稚拙な悪趣向歌の典型とも見られるだろう。だがそんな方面を考えずに、素直に好感を以て読んでみれば、意外にさらさらとした好い歌で、秋風一陣、蕭颯として嵐の過ぎ行く情象を感じさせる。蕪村(8)

の名句「猪も共に吹かるる野分かな」も、どこかこの歌と共通する情趣を持ってる。

夏の夜はまだ宵ながら明けぬるを雲の何所に月やどるらむ　　編外秀歌

夏の夜は極めて短かく、宵だと思う中にいつか朝になってる。その夜と朝との交錯する夜天の空に、短か夜の白い月が浮んで居るのは、妙に侘しくあわただしい感じのするものである。この歌はその夏の夜の感じを捉えて居り、著想としては中々面白い者であるが、歌の言い廻しが「古今集」一流の理窟に落ちて、前の「うべ山風を嵐と言ふらむ」式の稚態な説明を蹈襲して居る。即ち印象を直接に表出しないで雲の何所に月宿るらむ(そんな短かい夜には月の宿る暇がないだろう)と、子供らしい趣向をこねて説明して居る。こうした表現は「古今集」独得の稚態であり、芸術意識の不充分な未熟さを証明して居る。後に「新古今集」等になると、これが十分進歩した表現に発達して来る。

君がため春の野に出でて若菜摘む我が衣手に雪はふりつつ　　編外秀歌

「万葉集」に出て居る光孝天皇の御製(9)である。前詞には「仁和の帝皇子におましましける時人に若菜を給ひける歌」とあり、臣下の為に摘草をしたように解されてるが、必しも文献に捉われる必要はなく、前詞の人を皇子の恋人と見ても好いであろう。そうでなければこの歌の情趣がなく、君がためと言う句に籠る感情の深さがない。とにかく古雅な佳い歌で、素朴の中に洗煉があり、平淡の中に強い感情を包んでいる。こうしたクラシックの古歌の美は格別である。

天の原蹈み轟かし鳴る神も思ふ仲をば裂くるものかは

非常に強い歌である。「万葉集」の「久方の天つみ空に照れる日の失せなむ日こそ我が恋やまめ」と対照して、男性的な恋の熱情を思わせる。優美軟弱な平安朝の歌人の中に、「古今集」に混ってこの歌があるのは異例であり、むしろ奇異の感を抱かせる。あるいはこの作者も万葉時代の人であろうか?

いつはりと思ふ物から今さらに誰が誠をか我れはたのまむ

偽言と知って偽言を頼み欺かれると知ってしかも愛著を断ち得ないのは、恋する者に共通する悲しい心の立場である。同想の歌に「いつはりの無き世なりせば如何(いか)ばかり人の言の葉うれしからまし」と言うのがある。同じ「古今集」の歌であるが、この方は少し説明的で品が落ちる。

飽かでこそ思はむ仲は離れなめそをだに後の忘れ形見に

飽きも離れもしない仲である。どうして別れることが出来よう。それでも貴郎(あなた)が強(し)いて別れようと言われるならば仕方がない。せめて飽きずに暮らした今までの生活を、後の忘れ形見にして慰めようとの意で、女の男に対する怨言である。言葉の用法に無理があり、叙述の不自然な省略をしている為、意味が取りにくく難解の歌になってる。しかし音律には屈曲があり、女らしい媚態があって捨てがたい。

いで人は言(こと)のみぞよき月草の移し心は色ことにして

口ばかりうまいことを言って人を騙して居るけれども、本当は移り気な浮気者のくせにして！という女の色っぽい皮肉である。これを万葉の歌「言(こと)に言へば耳にたやすし少くも心の中に我が思はなくに」という赤裸々な口説(くぜつ)と対比し、時代の推移に伴う女性情操の変化を一考して見よ。宛然田舎の娼婦と都会の芸者の相違である。

忘れなむと思ふ心のつくからに有りしよりけに先づぞ恋しき

忘れようと思い立てば、前にも増して愈々恋しくなるとの意。音律に魅惑がある。

(註)「けに」は、有りしよりも一層増して「殊に」の意。

今来むと言ひしばかりに長月の有明の月を待ち出でつるかな

作者は素性法師。「古今集」中では比較的シンセリチイを有する歌人である。前掲「ほととぎす鳴く声きけばあぢきなく」、「思ふともかれなむ人を如何せむ」等皆同人。

わが恋は行方も知らず涯もなし逢ふを限りと思ふばかりぞ

情熱極まって長嘆しているような歌である。

かれはてむ後をも知らで夏草の深くも人をおもほゆるかな

「かれる」の語義は前に述べた。ここではそれが夏草（深くの枕詞）に意味を掛け、一語重解に使われて居る。以上二首凡河内躬恒の作。躬恒は「古今集」選者の一人で才気のある歌人であるが、時に好んでまた悪趣向を玩弄し「心あてに折らばや折らむ初霜の置きまどはせる白菊の花」の如き駄歌を作っている。

命やは何ぞや霜[10]のあだ物を逢ふにしかへば惜しからなくに

生命何するものぞ。逢うことだに出来るならば、こんな霜の命なんか惜しくもないの意。「命やは何ぞや」の語法が珍らしく、意気込みが強く潑剌としている。

言に出でて言はぬばかりぞ水無瀬川下に通ひて恋しきものを

「万葉集」巻四に「恋にもぞ人は死にする水無瀬川下ゆ我れ痩す月に日にけに」と言う笠女郎の歌がある。想は少しく異なるけれども、語句の上での聯脈がある。

春霞たなびく山の桜ばな見れども飽かぬ君にもあるかな

西洋の詩人は好んで恋人の美を賞揚するが、日本の詩にはそれがすくなく、万葉古今を通じて極めて尠(すく)ない。この歌も稀有の例外であり、真に艶麗花のような美人を表象させる。

　久方の光のどけき春の日にしづ心なく花の散るらむ　　編外秀歌

ハ行H音を主調(テーマ)として、各句の拍節ごとに頭韻し、かつNO(の)の母韻を韻脚として毎節ごとに重韻して居る。そのため全体の音楽が朗々として、如何にも長閑(のど)かな春の気分を音象している。「古今集」の歌の中でも、この歌の如きは特に韻律の構成を重視して居り、音象詩として典型的の者であろう。

以上四首とも作者は紀友則(きのとものり)。同じく「古今集」選者の一人で秀れた才能を持ってるけれども、彼もまた躬恒と同じく悪趣向に低迷し、時に「雪ふれば木毎(ごと)に花ぞ咲きにける何(いづ)れを梅とわきて折らまし」の如き駄作をしている。けだしこうした低級の理智的趣向を悦ぶのは、時代歌壇の一般的風潮であったのだ。

　春日野の雪間(ゆきま)を分けて生(お)ひ出(い)づる草のはつかに見えし君かも

前に出た業平の歌と同じく、外で偶然見た女に恋した歌。

時しもあれ秋やは人の別るべき有るを見るだに恋しきものを

調子が高く、秋風の蕭颯と吹き渡るような感じがする。有るを見るだに云々は、目前に居るのを見てさえ恋しいのに況(いわ)んやの意味。五句をもし「悲しきものを」としたら、全(まる)っきり平凡の歌になってしまう。

秋風に掻き鳴らす琴の声にさへはかなく人の恋しかるらむ

原本には「掻きなす」とあるが、ここは「掻き鳴らす」でなければ高い調子が出ない。

有明のつれなく見えし別(わかれ)よりあかつきばかり憂きものはなし

以上四首、作者は壬生忠岑(みぶのただみね)。同じく「古今集」選者の一人である。

山桜霞のまより仄(ほの)かにも見てし人こそ恋しかりけれ

花見で逢った女に恋した歌、前の忠岑の歌と類想だが、この方がひねくらないだけ直接的で、感じもずっと明るく秀(すぐ)れて居る。

秋の野に乱れて咲ける花の色のちぐさに物を思ふ頃かな

以上二首、作者は紀貫之。貫之は「古今集」選者の首席であり、当時第一の歌人として絶対の権威を持って居た。しかし彼の本質は、歌よりもむしろ歌学者の立場にあった。歌学者としての貫之は、相当立派な見識を把持して居り、歌の鑑賞においても批判においても、確かに時流を抜いた一人者だった。特にその有名な「古今集序文」を見ても、詩論家として堂々たる態度であり、かなり深く詩の本質問題に理解を持って居たことが推察される。しかしその理解や見識やは、彼の認識に属する頭脳の問題に止まって居た。詩人としての貫之は別人であり、極めて稀薄の貧しい詩情と、当時の美学が規範した趣味の類型概念しか持ってなかった。熱のない稀薄の詩情で、美学概論の規範するポエジイを構成し、詩美の一般的様式を創ろうとして乱作した。故に彼の詩には形式あって精神なく、趣味があって個性がなく、技術があって魅力がない。即ち要するに彼は「詩学者」であって「詩人」ではなかったのだ。しかるに後世の歌人等は、「古今集」を以て千古の聖典と思惟(しい)した為、自然貫之を崇めてキリストとし、柿本人麿(かきのもとのひとまろ)と併称して日本二大歌聖にさえ祭りあげた。咄(とつ)！　何事の無識ぞ。貫之の輩到底人麿の足下に及ばず、同代の選者友則や躬恒にさえ劣って居る。しかもなお貫之の功績は、一代の詩学をひっさげて歌壇を指揮し、断然時流の新天地を創造した点に存する。彼は二流以下の歌人にすぎない。しかも貫之は「古今集」を創見し、日本歌史の一大エポックを創った英雄(天才ではなく)である。

東雲(しののめ)のほがらほがらと明け行けば己(おの)がきぬぎぬなるぞ悲しき

音律に一種の縹渺たる象徴味がある。(註)「きぬぎぬ」は後朝、即ち女と別れる翌日の朝。

ほととぎす夢か現(うつつ)か朝露の置きて別れしあかつきの声

逢はずして今宵明けなば春の日の永くや人をつらしと思はむ

註。「春の日」は枕詞であるが、同時に内容に掛る。

枕よりまた知る人もなき恋を涙せきあへずもらしつるかな

同想の歌は無数にあるが、これが一番素朴に歌って一番実情に迫って居る。

わりなくも寝ても醒めても恋しきか心をいづちやらば忘れむ

恋の高潮した心緒を歌い、どうにもならない焦燥を感じさせる。「わりなくも寝ても醒めても」と「も」音を重ねて各句の行尾に脚韻し、畳みこむようにして歌って居るのが、この場合最も適切に響いて居る。「万葉集」にこれと同想の歌が出て居る。「立ちて居てたどきも知らず我が心天つ空なり地(つち)は踏めども」。

思ひつつ寝(ぬ)ればや人の見えつらむ夢と知りせば醒めざらましを

作者は小野小町。

住(すみ)の江(え)の岸に寄る浪よるさへや夢の通(かよ)ひ路(ぢ)人目よぐらむ

上二句までは序。一首の意味は、夜の夢路にさえも人目があって逢えないと言うだけのことで、想としては空虚に近いものであるが、音律に特別の美しい魅力があり、どこか縹渺たる夢の国に誘われる感がある。音楽のみ美しくて想の空虚に近い歌。その価値は何だろうか。「詩においては」と、仏蘭西象徴派の詩人ヴェルレーヌが言って居る。「何よりも先(ま)ず音楽、他は二義以下のみ。」と。そして確かに然りである。(註)「よるさへや」浪の「寄る」と「夜」とに掛けてある。

夏と秋と行きかふ空の通ひ路はかたへ涼しき風や吹くらむ　編外秀歌

夏の残暑がすぎて初秋に入ろうとする季節。今日ならばセルの着物に換える頃の感覚が詠まれている。「かたへ涼しき」という語法が巧みである。作者は凡河内躬恒。

秋の野に人まつ虫の声すなり我れかと行きていざ訪(とぶら)はむ　編外秀歌

古雅で稚淳な風格を帯びた歌である。「まつ虫」は「待つ」に掛かる。

秋風にあへず散りぬる紅葉(もみぢば)の行方さだめぬ我ぞかなしき　編外秀歌

ヴェルレーヌの詩「秋の日のギオロンの」に始まり「げに我れはうらぶれて、此所(ここ)彼所(かしこ)さだめなく、飛び散らふ落葉かな。」を聯想させる。

えぞ知らぬいま心みよ命あらば我れや忘るる君や訪はぬと

別れに際して女の作った歌である。「心みよ」は「試みよ」に兼ねて掛る。「えぞ」は「えこそ」の意。調子が高く感激が強い。

朝な日に見べき君としたのまねば思ひたちぬる草枕なり

「草枕なり」という最後の句が、いかにも断念したらしく調子を抜いて居る。平坦に歌って余情の深い名吟である。(註)「草枕」は旅の枕詞であるが、ここでは旅の意味に用いて居る。また「思ひたちぬる」は「思ひ断つ」と「思ひ立つ」とに掛けてある。

備考　この歌の作者はクラ(寵)と言う人で、友人の公利に別れる時作った者だと言う。それで「君とし」の語に公利を利かせ「草まくら」の中に自分の名を読み込んで居る所から、古来「隠し名の歌」として口伝的に高評されてる。作者が意識的にしたとすれば、詩歌の本質を知らない文学遊戯の末輩と言わねばならぬ。だがそんな悪趣向を悦んで口伝扱いにして居た昔の歌人どもが、如何に太平痴呆の乳臭児であったかになお驚かれる。

ゆふぐれは雲の旗手に物ぞ思ふ天つ空なる人を恋ふとて

夕暮の空の彼方、遠く暮れかかる穹窿の地平の上に、旗のような夕焼雲がたなびいて居る。悲しい落日の沈むところ、遠い山脈や幻想の都会を越えて、自分の懐かしい懐かしい恋人は住んで居るのだ。げに恋こそは音楽であり、さびしい夕暮の空の向うで、いつも郷愁のメロディを奏して居る。恋する者は哲学者で、時間と空間の無限の涯（はて）に、魂の求める実在のイデヤを呼びかけてる。恋のみがただ抒情詩の真（まこと）であり、形而上学（メタフィジック）の心臓であり、詩歌の生きて呼びかける韻律であるだろう。

　恋愛のこうした情緒を歌った詩として、この一首の歌は最も完全に成功して居る。音律そのものが既によく、恋の郷愁の情緒に融けて、セロの黄昏曲（のくちゅるね）を聴くような感じがする。「万葉集」の歌の如き、その同想の者はあっても、言葉にメロジアスの音楽が欠けてる為、到底この種の象徴的な詩境は歌い得ない。こうした情操の表現としては、「古今集」の調律が最もよく適当して居る。前の歌「大空は恋しき人の形見かは」と双絶して、この歌は「古今集」恋歌中の圧巻である。(註)旗手は旗のように乱れる形。

備考　古い歌人の中には、この「天つ空なる人」を天上人（びと）の意に解し、平民が身分ちがいの貴族に恋する片思いの歌として、一首の意を解説して居る人がある。こんな悪趣向的の俗解をしたら、折角の名歌も型なしに成ってしまう。詩を理解しない似而非（えせ）歌人の注釈ほど、詩を傷（きず）つけるものはないのだ。

わが恋はむなしき空に満ちぬらし思ひやれども行く方もなし

前の歌と同想である。これも秀逸であるが前の者には劣っている。二首とも作者不明。「古今集」中の秀歌がたいていは作者不明であるのは、この集に対する一つの皮肉な現象である。

死ぬる命生きもやすると試みに玉の緒ばかり逢はむと言はなむ

「玉の緒」は「長い」「短い」等にかかる枕詞であるけれども、ここでは「玉」のたまに通ずる音を取って、たまたま短かい瞬時にだけでも逢いたいと言う意にして居る。なお「新古今集」にある式子(しきし)内親王(ないしんのう)の歌「玉の緒よ絶えなば絶えね長らへば忍ぶることの弱りもぞする」では、同じ玉の緒を「魂(たま)の緒」の語路にかけ、生命の意味に転用して居る。この歌の作者は藤原興風。

種しあれば岩にも松は生ひにけり恋をし恋はば(11)逢はざらめやも

熱情岩をも貫(つら)ぬくべし。激越な強い調子の歌である。

涙川なに水上(みなかみ)をたづねけむ物思ふ時の我身なりけり

白浪の跡なき方に行く舟も風ぞたよりのしるべなりける

情(つれ)もなき人を恋ふとて山彦のこたへするまで嘆きつるかな

思人情(おもいびとつれ)なし。誰れに向って叫び、何を求めて訴えようとするのであるか。山中人声なく、雲もまた答を知らない。真にこれ哀切の絶叫である。

夕月夜さすや岡辺の松の葉のいつともわかぬ恋もするかな

ほのかに霞む春の夕月夜、海近い岡の松林で恋人を待って居る。その景象に兼ねて、一方では如何に待っても無益であり、いつ思(おもい)が叶うかも解らないところの、果敢(はか)なくさびしい恋の情趣を歌って居る。景象と心境とがよく一致し、縹渺(ひょうびょう)とした薄暮のなやましさを感じさせる歌である。(註)松は「待つ」の意味に掛けてある。三句までは序であるが、同時にそれが内容を兼ねて居るのである。なお「松の葉」は、修辞上「いつともわかぬ」に掛る枕詞に成って居る。

いで我を人なとがめそ大船のゆたのたゆたに物思ふ頃ぞ

音律に特別の妙味があって惹かれるけれども、恋の物思いを詠じた歌としては、少しく調想が一致しないで変である。「万葉集」に「大船のたゆたふ海に錨おろし如何にせばかも吾が恋止まむ」「大船の舳(へ)にも艫(とも)にも寄する浪よすとも吾は君がまにまに」等の類歌がある。

たち別れ因幡(いなば)の山の嶺(みね)に生ふる松とし聞かば今かへり来む

在原業平の兄行平(ゆきひら)が、任地へ出発する時別れに臨んで作った歌。上三句までは序であるが、山上の松が寂しく人を待って居るという景象にも兼ねてある。一首の意味は、今別れても貴女(あなた)が待ってると聞けばすぐ帰って来るという程のこと。音律に屈折と変化があり、朗吟して飽きない秀歌である。(註)因幡山は「往なば」に掛け、松は「待つ」に掛けてある。

淡雪(あはゆき)のたまればかてに砕けつつ我が物思ひのしげき頃かな

早春、雪解けの音を聞きつつ恋に悩む。詩味の豊かな歌である。

逢坂のゆふつげ鳥も我がごとく人や恋しき音のみ鳴くらむ

朗々とした音律があり、何と言うこともなく佳い歌である。（註）「ゆふつげ鳥」は鶏の異名。

飛ぶ鳥の声もきこえぬ奥山の深き心を人は知らなむ

上三句までは序であるけれども、これを比喩として観念的に受取らないで、作者自身がその景中に居り、深山を歩きながら詠んだ者として解する方が、恋歌としての直接な感情を生かしてくる。そうでなく、もしこれを観念的に解釈したら、案外平凡の歌にすぎないだろう。

春たてば消ゆる氷の残りなく君が心はわれに融けなむ

春を待つ心。それは情ない人の心が、自分に融けるのを待つ心だ。春にもならば！と言う恋のいじらしい心緒がよく歌われている。「残りなく」という言葉が重点である。

行く水に数かくよりも果敢なきは思はぬ人を思ふなりけり

平凡のようで嘆息が深い。

からごろも日も夕暮になる時は返す返すぞ人の恋しき

何ということもなく、愛誦して余情の尽きない歌である。（註）「からごろも」は唐衣で、その「紐」が「日も」の語路に掛けてある。さらに幾枚も重ねた着物の「返す返す」に縁語として掛けてある。こうした類の縁語は、「古今集」以後の歌で常套的に慣用され、そこに作者の機智を誇る得意が見えてるが、詩としての本質価値には関係なく、多くは詰らない末技的の趣味に過ぎない。今日の読者が古歌を鑑賞する場合においては、それが重要でない限り、むしろ好意的に黙殺する方が好いのである。なおこの歌の五句、原本には「人は恋しき」と成っているが、想からも調子からも、ここは是非「人の恋しき」であるべき筈（はず）。

行きかへり空にのみして経（ふ）ることは我が居る山の風はやみなり

前掲「天雲（あまぐも）のよそにも人はなり行くか」の歌に答えて、在原業平の女に贈った歌。常に往復して逢って居ながら、空しく年を経て親しい語らいも為ないで居るのは、貴女の心が移り気で信じがたく、常に風のように吹き飛んで居るからだと言う意味である。もとより機智を主とした贈答歌で、軽い意味の芸術品に過ぎないけれども、業平一流の奇警な修辞を見るべきである。同じ「古今集」中の歌「千早ぶる神代もきかず竜田川から紅に水くくるとは」も同じく業平の作であり、豪放にして奇骨稜々たる作家の風格を現わして居る。

花の色は移りにけりないたづらに我が身世にふる眺めせしまに　編外秀歌

侘びぬれば身を浮草の根を絶えてさそふ水あらば往なむとぞ思ふ　編外秀歌

以上二首。小野小町の代表歌。小町の歌は媚あまって情熱足らず、嫋々の姿態があって、しかも冷たく理智的である。こうした性格の女であるから、生涯恋愛遊戯をして真の恋愛を知らなかった。歌に風情あって実感のない所以である。

恋すれば我が身は影となりにけりさりとて人に添はぬものゆゑ

恋にやつれて今は影のように瘠(や)せてしまった。ところで影ならばいつも恋人に付き添って居るが、自分はその影法師でもない故、どうにも心のやる瀬がないとの意味。作者は多分女性であろう。比喩も適切であるし修辞も旨(うま)い。機智を弄してしかも真情を失わず、音律にも曲折と変化がある。特に四句以下「さりとて人に添はぬものゆゑ」が、如何(いか)にも女らしく怨恨と媚態に充ちてる。先ず集中での一秀歌だろう。

　思ひやる境(さかひ)はるかになりやする惑ふ夢路に逢ふ人のなき

朗々として無限に延びて行く音調がある。

　うち侘(わ)びて呼ばはむ声に山彦の応(こた)へぬ山はあらじとぞ思ふ

前掲の歌「情(つれ)もなき人を恋ふとて山彦の」と類想であるが、この方には裏面の寓意——これほど思ってる熱情が対手(あいて)に通じないことはない——が含まれて居る。それだけ多少観念的ではあるけれども、同じく秀歌の一たるを失わない。

　宵々(よひよひ)に枕さだめむ方もなし如何(いか)に寝し夜か夢に見えけむ

野とならば鶉と鳴きて年は経むかりにだにやも君は来ざらむ
忘れては夢かとぞ思ふおもひきや雪蹈みわけて君を見むとは

在原業平の作。長たらしい前詞がついてる歌だが、そんな者を読む必要はない。歌は独立した芸術だから、提出されただけの者を、それだけの解釈で読めば好いのだ。

風吹けば沖つ白浪たつた山夜半にや君が一人越ゆらむ

留守をしている女が、旅に居る良人を思って作った歌で、丁度「万葉集」の「わが背子は何所行くらむ沖つ藻の名張の山を今日か越ゆらむ」と対照される。この歌にも種々な伝説がついてるけれども、すべて必要のない蛇足である。

わが心なぐさめかねつ更科や姨捨山に照る月を見て　編外秀歌

素朴な歌いぶりの中に満腔の感慨がこもって居る。「古今集」名歌の一である。

我れ見ても久しくなりぬ住吉の岸の姫松いく代経ぬらむ　編外秀歌

人間の寿命と植物の寿命では比較にならない。人間がどんなに長命したところで、老樹の十分の一も生きられないだろう。それを逆に「我れ見ても」と言い、自分の方が松よりも先に生れて居るように言っている。つまり白髪三千丈式の誇張であって、そこにこの歌の妙味があるのだ。誇張も「置き惑はせる白菊の花」式では不自然だが、こうした場合には津々(しんしん)とした詩趣があり、如何にも神仙に近い老鶴のような人物を表象させる。全体に一種の神韻が縹渺として、支那思想のRau(老)やJyu(寿)を象徴させる瑞祥(ずいしょう)の深い歌である。

備考　写本には「我が見ても」とあるが、一本には「我れ見ても」とある。「我れ」が本当である。

ほのぼのと明石の浦の朝霧に島がくれ行く船をしぞ思ふ

この歌を朗吟していると、黎明(れいめい)の朝霧にかすんだ海の面を、遠く静かに船が隠れて行くような感じがして、如何にも縹渺たる伸びやかな思いがする。そしてこの景象の迫る力は、実にその歌の音楽に存するのである。よってその韻律の構成を調べるため、次にこれをローマ字で書いて示そう。

Hono Bono, to,
Akashi no urano,
Asagiri ni,
Shima, gakure yuku,
Fune, o, Shizo, Omou.

（大字は拍節強声部）

かくの如く、第一行で母音Oを五度畳韻して居る。第二行に移って拍節部を母音で始め、同じくまたOを二度重ねて居る。第三行もまた母音Aで始め、前の行を頭韻している上に、前行 Akashi の各母音をそっくり Asagiri に押韻して居る。ここまでが歌の上三句で、ＯＡを主とする開唇音の陽快な母音を連続して来た。ここで変化をあたえる為に、第四行で母音Ｉ(Shi)を拍節部に出し、開唇音の続く単調から、急に閉唇音へ転調して引きしめて居る。しかもこの転調を不自然でなく導くために、前以て第三行の末で ni の閉唇音を出し、作曲和声学における所謂7の属和絃を用意して居る。それからまた始めの洋々たる調子に帰り、母音を続けて規則正しく押韻して居るが、終曲に近くなって緊張をあたえる為、再度 Shi を出して第四行の拍節に対韻させ、以下浪が砕けるように、当初の主調音Oに帰って自然的に終って居る。実に音楽として立派な形式を有する者で、それ自ら楽典の定める自然方則を規範している歌である。

「古今集」の左註では、この歌が柿本人麿の作として伝えられてる。しかし歌の風格から見て、より後代の人の作らしく、人麿の歌と認めるのは疑問である。にもかかわらずそうした伝説が生ずるのは、この歌の詩想と音楽とが、どこか人麿のそれと共通して居るからである。人麿は万葉第一の情熱歌人であったけれども、歌に美しい音楽を盛ることの技巧においても、同じくまた万葉第一の修辞家だった。試みに人麿の代表歌を見よ。

あまざかる夷(ひな)の長道(ながち)ゆ恋ひ来れば明石の門(と)より大和島見ゆ
もののふの八十(やそ)氏川(うぢがは)の網代木(あじろぎ)にいざよふ浪の行方知らずも
笹の葉はみ山もさやに騒げども吾は妹もふ別れ来ぬれば

これ等において、如何に美しい声調と音楽が用意されてるかを、読者自身静かに味読して鑑賞して見よ。歌にこうした美しい音楽を盛ることの技巧において、おそらく人麿は日本和歌史を通じての第一人者で、古今にこれと併(なら)ぶ歌人は無いであろう。けだし抒情詩の生命は音楽にあり、而(しか)して人麿は典型的な抒情的抒情詩人であったからだ。

水茎の岡の館に妹と我と寝ての朝けの霜の降りはも

大歌所の管絃に合せる舞楽の歌で、一種の「謡い物」であるけれども、却って本題の歌よりも文学的に秀れて居る。勿論奈良朝時代の古風な作品から選んだもの。(註)水茎は岡の枕詞。

小よろぎの磯たちならし磯菜摘むめざし濡すな沖にをれ浪

編外秀歌

「めざし」は切髪にした女の児。女童。

これも一種の地方的歌謡であるけれども、海岸に遊ぶ童女と浪とを配合して、特殊な絵画的印象を強く描いてる。「古今集」としては珍らしく鮮新の変った歌で、どこか北原白秋氏等の童謡的な新風物歌を聯想させる。

われを思ふ人を思はぬ報にやわが思ふ人のわれを思はぬ

これは歌と言うべき者でなく、むしろ歌の形式を借りた一種の箴言と見るべきだろう。勿論詩的価値はゼロであるが、観念的には恋の不思議な真相をよく穿って居る。

六代歌集

山彦の声のまにまに訪ひゆかばむなしき空に行きや帰らむ

前掲「古今集」の歌「うち侘びて呼ばはむ声に山彦の応へぬ山はあらじとぞ思ふ」の返しとして、女から男に贈った歌である。だがこの歌を読む場合には、そんな注釈はない方が好い。むしろ寓意を除いてしまって、単にこれだけの詩を直感でよむ方が好い。その方が却って深い情趣があり、恋愛歌としても秀れて居る。

よる汐のみちくる空も思ほえず逢ふこと浪にかへると思へば

女を訪ねて逢えず、薄暮に一人、海岸の浪うち際を歩いて来るのだ。「よる」は「寄る」と「夜」とに掛り、浪は「なく」の意に掛けてある。「空」という一語が写景の生命である。

思ふてふ言の葉いかになつかしき後憂きものと思はずもがな

作者は俊子という女性。愛して下さると言う言葉こそはなつかしけれ、後に捨てられて憂目を見なければ好いがという歌で、喜びの中に杞憂を持った女の心境をよく尽して居る。

備考　写本には三句が「なつかしな」となって居る。「な」は少し変である。

思ひやる心にたぐふ物ならば一日に千度君は見てまし

筑波根の嶺より落つるみなの川恋ぞつもりて淵となりぬる

全体が序みたいな歌で、想としては無意味極まる空虚な歌だが、調律上の押韻は巧みに出来てる。即ち「嶺より落つるみなの川」でMiを重韻すると共に、「つくばね」のThuを「落つる」に受けて重ねて居る。このThuは一首の始まる主調音である故に、四句の「恋ぞつもりて」で対比的に押韻し、以て全体に調和のある佳い音楽を構成して居る。こういう歌は意味を取らずに、ただ耳だけで聴くべきである。

浅茅生の小野の篠原しのぶれどあまりてなどか人の恋しき

Asajiu no
Onono shinohara

Shinoburedo,
Amarite nadoka
Hito no koishiki.

この歌の音律構成は規範的で、短歌の韻律学が定める一般方則の原形を示して居る。即ち上三句でNo音とShi音を交互に重ねて押韻し、下句四句の初頭において、主調音「浅茅生」のAを受けて対韻して居る。この押韻形式は短歌の一般的原則であって、多少の不規則や例外はありながら、大体においてよく出来た歌は皆こう成って居る。即ち拍節の最強声部たる第一句第一音と、同じく最強声部たる第四句第一音(下句初頭)とに、最も強い対比的の音(陽と陰との反対する対比でもよい)をあたえ、かつ上三句を出来るだけ重韻にして畳みながら、下四句以下で調子を落して変えるのである。

上掲の歌はその形式を典型して居る。一首の意味は、忍びてもなお忍び切れずに人が恋しいと言うだけで、上二句は純然たる序であるが、その重韻にした声調に情を写して、如何にも切々たる恋情に耐えない思を訴えて居る。巧を尽した秀歌と言うべし。

名にしおはば逢坂山のさねかづら人に知られて来るよしもがな[12]

この歌の上三句まで

Nanishi Owaba Osakayama no Sanekazura

と母音にAを多く用いてリズミカルに押韻して居る。下四句に至って第一句 Nanishi の主母音Iを受け Hitoni shirarete と転調し、ここに最も優美な音楽を聴かせている。想は平凡な贈答歌にすぎないけれども、何となく懐かしい魅力があるのはこの為である。

これやこの行くも帰るも別れては知るも知らぬも逢坂の関　編外秀歌

この歌を詠吟すると、如何にも逢坂の関所あたりを、東西の旅客が右往左往して慌しげに行き交う様子が浮んで来る。その表象効果は勿論音律に存するので、「これやこの」という急きこんだ調子に始まり、続いて「行くも」「帰るも」「知るも」「知らぬも」と Mo 音を幾度も重ねて脚韻し、さらに Koreya Kono yukumo Kaerumo wakaretewa と、子音のKをいくつも響かして畳んで居る。こういう歌は明白に「音象詩」と言うべきであり、内容をさながら韻律に融かして表現したので、韻文の修辞として上乗の名歌と言わねばならぬ。（以上八首、「後撰集」ヨリ）

滝の音は絶えて久しくなりぬれど名こそ流れて尚聴えけれ
編外秀歌

想としては詰らぬ歌であるけれど、これには規則正しい頭韻が押してある。即ち「たきの音」は「たえて」でTaを重韻し、以下「名こそ」「ながれて」「なほ」とNaを各句の拍節部に頭韻して居る。この形式の代表的の者は、万葉にある「よき人のよしとよく見てよしと言ひし吉野よく見よよき人よく見つ」であるが、こうなると人為的のトリックが目に付いて不愉快である。すべて詩歌の押韻は自然に適い、工夫の跡が見えないようにするほど上手である。因(ちなみ)にこれは頭韻律の例であるが、脚韻律の例としては前掲蟬丸(せみまる)の歌「これやこの」の外(ほか)に

わりなくも寝ても醒(さめ)ても恋しきか心をいづちやらば忘れむ

あし曳の山鳥の尾のしだり尾の長々し夜を独りかも寝む

等その他たくさんある。

かくてのみありその浦の浜千鳥よそに鳴きつつ恋ひや渡らむ

掛け詞の調子が自然的で美しい。

逢ふことの絶えてしなくばなかなかに人をも身をも恨みざらまし
逢ひ見ての後の心にくらぶれば昔は物を思はざりけり

以上二首ともやや類似の想を歌って居るが、前の方は実情的で後の方は観念的だ。共に想を本位として居る。

あはれとも君だに言はば恋わびて死なむ命も惜しからなくに[14]

純然たる万葉風の歌。しかもこの率直で強い情熱的な表現は、「万葉集」にも稀しく、恋愛名歌中の一名歌である。

玉鉾の遠道もこそ人は行けなど時のまも見ねば恋しき

作者は紀貫之。万葉の風格を模して居るのだ。想は面白いが修辞上に欠点がある。
(註)玉鉾は道の枕詞。

隠れ沼の底の心ぞ恨めしき如何にせよとて情なかるらむ

あはれとも言ふべき人は思ほえで身のいたづらになりぬべきかな

失恋の歌である。「身のいたづら」は生きて甲斐なき無用の身の意。

思ひきや逢見ぬほどの年月を数ふばかりにならむ物とは

作者は伊勢。死別か。生別か。いずれにせよ別れた女の心がさびしく憐れである。

思ひかね妹がり行けば冬の夜の川風さむく千鳥鳴くなり

作者は紀貫之。ここでも万葉の風格を模倣して居る。貫之は流石に一代の見識家で、人麿から多くの者を学んで居た。この歌は彼の傑作と呼ばれ、後世では三絃に節づけして俗曲にさえ唱われて居る。

別れては逢はむ逢はじぞさだめなきこの夕暮や限りなるらむ

離別の哀愁を尽して情緒の迫るものがある。「この夕暮や限りなるらむ」という句が強い響をあたえるのだ。秀歌である。(以上十一首、「拾遺集」ヨリ)

有馬山ゐなの笹原風吹けばいでそよ人を忘れやはする

笹原を吹く秋風の寂しい音に、漸く忘られんとする恋の心境を配して詠んで居る。景情よく合って佳い歌である。第五句「忘れやはする」は、決して忘れないと言う意味であるが、その語意の反面には、他から現に忘られつつある自分の心細さを訴えて居る。こうした巧緻の表現は、漸くこの辺の歌集あたりから成長して居る。この歌、Ａ・Ｉの母音を多く拍節部に重韻して、いかにも笹原を風が吹く様な想を与える。

　君がため惜しからざりし命さへ長くもがなと思ひけるかな

「万葉集」に類歌がある。

　我が命は惜しくもあらずさ丹(に)づらふ君によりてぞ長く欲(ほ)りてし
　恋ひつつも後に逢はむと思へこそ己が命を長く欲りすれ

比較してこの歌の方がずっと優って居る。「万葉集」のは生硬である。

　今はただ思ひ絶えなむとばかりを人伝(ひとづ)てならで言ふよしもがな

率直平明に歌って居ながら、非常に強い心の悲しみが溢れて居る。厳重な監督によって仲を断(たた)れた恋。逢うことの出来ない恋。人伝てならで言うことの出来ない悶々の心緒を尽して居る。「百人一首」の歌中では、歌壇人の所謂(いわゆる)実感(?)が最もよく出て居る歌であろう。

あらざらむこの世の外(ほか)の思ひ出に今一度(ひとたび)の逢ふこともがな

作者は和泉式部(いずみしきぶ)。重い病の床で悲しみながら、離れた恋人を思って作った歌。即興詩人のアヌンチャタか？　椿姫のマーガリットか？　哀傷肺腑(はいふ)を突く者がある。かつこの歌声調朗々として愛吟に耐う。けだしAとOとの開唇母音を重韻にし、中間にIの閉唇母音を挿(はさ)んで調を構成して居るからだ。羅馬字(ローマ)に書くのも面倒だから、母音を仮名の下に入れて示して見よう。

Aあaらaざaらaむ・こoのo世oのoほoかaのo・おoもoひiでeにi・

Iいiまaひiとoたaびiのo・逢oふoこoとoもoがaなa

重韻の外、上句初頭のAと下句初頭のIとが、同じ母音の陰陽で対比して居る点を見るべきである。

契りきなかたみに袖をしぼりつつ末の松山浪こさじとは

海岸の防波堤である松山を越えて、海の浪が越さないように、二人は互に将来を確く保証し、泣いて心変りのないのを誓い合ったではないかと言う意味で、裏には勿論女の心変りを恨み責めて居るのである。

この歌上三句までは、主としてT・K等の固い子音にIの母音を附して用い、歯の噛み合うような冷たい緊張の感をあたえる。次に四句以下主としてSの子音を用い、前の緊張が歯から漏出するように構成されてる。したがって想の情操とよく一致し、どこか歯を食いしばって怨言する如き感覚をあたえるのである。その上にもなお言外の情趣があり、愛吟して飽きない名歌である。(註)末の松山は地名であるが、同時に「行く末までも」の意味に掛けてある。(以上五首、「後拾遺集」ヨリ)

知らざりきかかる恋路に菖蒲草袖のみぬれて生ひむものとは

菖蒲草は恋に逢う、即ち恋を経験したと言う意味に掛けてある。しかるに一本にはこの歌「知らざりき袖のみ濡れて菖蒲草かかる恋路に生ひむものとは」とあるが、これでは菖蒲草の掛け詞が利かなくなるし、歌としての想もちがって来る。どっちが佳いかは読者の判断に任せておこう。

思ひ出づありしその夜の呉竹のあさましかりし臥しどころかな

どこかの穢ない陋屋で、女と一所に寝たのである。窓に少しばかりの呉竹があり、悲しく夜風にさやいで居た！　恋人を連れて人目を忍び、貧しい陋屋に泊った時の記憶であるが、どこか旅愁に似た寂しさがあり、その中に淡い恋の追憶が漂って居る。何とも知れず懐かしく物悲しい感じのする佳い歌である。ただしこの着想には古歌の案本がある。神武天皇が田舎に行かれて、所の漁師の娘と懇意になり、一夜その穢ない茅屋に伴寝された。その時の天皇の歌「葦原の醜こき小屋に菅畳いやさや敷きて吾が二人寝し」

備考　写本には「思ひ出づやありしその夜の呉竹はあさましかりし臥しどころかな」とあり、当時の記憶を思い出して、男から女に贈った歌になってる。

淡路島通ふ千鳥の鳴く声に幾夜寝ざめぬ須磨の関守　　編外秀歌

海近い旅泊の寂しさをさそう歌だが、魅力の主なる点は音律に存して居る。この歌の

調には真に哀愁切々たるものがある。（以上三首、「金葉集」ヨリ）

いかでかは思ひありとも知らるべき室の八島の煙ならでは

身のほどを思ひ知りぬることのみや情なき人の情なるらむ

失恋の歌であるが、作者が僧侶だけに反省的のあきらめで歌って居る。西行も「新古今集」の歌で「身を知れば人の咎とも思はぬに恨み顔にも濡るる袖かな」と嘆息して居るが、両者に共通の点を見るべきである。因に僧侶の恋愛歌は多く男色関係だと言われて居る。

風をいたみ岩うつ浪のおのれのみ砕けて物を思ふ頃かな

Kaze o Itami, Iwauthu nami no, Onore nomi; Kudakete mono o, Omō korokana.

右の通り、この歌は上三句で tami, nami, nomi の三重対比を押韻して居る。そして第四句の起頭音を第一句の主調音たるKと対韻させてる。また第五句以下を母音Oで延ばして行き、終曲に近く再度Kを出して主調音と軽く対比し、楽典的の自然方則で結んで居る。この音韻構成は前の「浅茅生の小野の篠原」の歌と同じであって、短歌の韻律形式における一規範を示すものである。

想としては一般の歌であるが、K・I等の堅い感じのする音を拍節部に使うと同時に、一方では開唇音の母音Oを多分に用い、その対照を巧みに交錯させてる為、一首を通じての音律感が、あだかも岩に浪が当って砕けつつ、海波の引去りまた激するように感覚される。そうした音象的効果の点で、かなり成功した歌と言えるだろう。

　逢ふことも我が心よりありしかば恋を死ぬとも人は恨みじ

「恋を死ぬとも」と言う修辞に特色があり、全体に力のこもった歌である。

　夕暮は待たれしものを今はただ行くらむ方を思ひこそやれ

作者は相模(さがみ)。夕暮にはいつも恋人に逢ったのが、今はその縁も切れてしまった。「行くらむ方を思いこそやれ」は、かくて行末はどうなるだろうと言う意であるが、自暴自棄的の非調を生び、破恋[15]の心緒に秋風落寞(らくばく)の嘆を込めてる。相模は有名な武人源頼光(みなもとのよりみつ)の娘で、伊勢等と共に中古三十六歌仙の一人に数えられてる才媛である。

我れのみや思ひおこさむあぢきなく人は行方も知らぬものゆゑ

和泉式部の歌。男は無情にも自分を捨てて、消息不通になって居るのである。先方では自分のことなど忘れて居る故、ただ「我れのみ」一人あじきなく思いおこすので、下句に続けて「人は行方も知らぬものゆゑ」と力なげに嘆いて居る。憐れに真情の深い歌である。

幾かへり辛しと人を三熊野の恨みながらも恋しかるらむ

同じく和泉式部の歌。「恨みながらも恋しかるらむ」は名句であり、恋の真情をよく尽して居る。

和泉式部は殉情的な恋愛歌人で、幾人もの男と熱烈な恋愛をし、生涯を恋に殉じた情熱家である。実に彼女の場合にあっては、生活そのものが恋歌であったと言っても好いので、これをかの理智的な小野小町、生涯恋愛遊戯を続けながら、しかも真の献身的恋愛を知らなかった小野小町と比較し、好個の興味ある対照である。和泉式部にあっては、恋愛が一切を焼き尽さねばすまなかった。したがって彼女の歌には真情があり、恋愛詩として最も本質的な生命がある。なおその家集(「和泉式部歌集」)の中には、次の如き千古の名吟さえもある。

つれづれと空ぞ見らるる思ふ人天(あま)くだりけむ⑯物ならなくに

要するに和泉式部は、当時の散文作家たる紫式部や清少納言と相対し、韻文作家として中古女流中の第一人者である。しかも鬼才を衒(てら)うような作家でなく、殉情によって一貫した真の本質的歌人であり、後代にもこれと比肩する人を見ない。(以上七首、「詞花集」ヨリ)

とにかくも言はばなべてになりぬべし音(ね)に泣きてこそ見すべかりけれ

心で思って居ることとは、千万無量の意味があるけれども、言葉に出して表現すれば平凡になり、単にそれだけの語に尽きてしまう。所詮、言語はこの深い思慕の情を伝え得ない。ただ思いの限りを声に叫び、恋人の前に泣いて見せたいと言う意味である。こうした想は観念的で、とかく乾燥な理窟に陥(おちい)り易(やす)いものであるが、それを主観の強い感情で燃焼させ、抒情詩として立派に成功させたのは非凡である。作者は同じくまた和泉式部。

長からむ心も知らず黒髪の乱れて今朝は物をこそ思へ

男と別れた翌朝である。昨夜、愛の言葉は交しながら、男心のたよりなさを考えれば、行末のことが不安でならない。どうせ「長からむ心も知らず」である故に、今朝の寝乱れ髪が乱れるままに、いッそどうにでも成ってしまえと言う心緒を歌って居る。朝の床中に髪を乱した若い女が、半ばじれッたく情痴の物思いに耽って居る寝姿を見る様で、艶に悩ましく風情のある歌である。それにかなりの複雑した心境が巧みに手際よく表現されてる。これを万葉の歌「朝寝髪われは梳(けづ)らじ美しき君が手枕(たまくら)触れてしものを」に比するに、艶はひとしく艶であるが、一方の想は単純直截で一方の想は複雑深遠。一方の表現は自然発生的で一方は構成技巧主義的である。而(しか)して共に女流作品中の秀歌。

花は根に鳥は古巣に帰るなり春の行方(17)を知る人ぞなき　編外秀歌

当時としては鮮新の感のする歌である。

眺むれば思ひやるべき方ぞなき春の限(かぎり)の夕暮の空　編外秀歌

作者は式子内親王。暮れ行く春の空遠く、縹渺たる思が無限にひろがって行くような感じがする。

幾かへり今日に我身の逢ひぬらむ惜しきは春の過ぐるのみかは

これも暮春の情を尽して居る。作者は藤原定成（ふじわらさだなり）。この辺の歌になると、想調共に「新古今集」の風格を先駆して居る。（以上五首、「千載集」ヨリ）

新古今集

はかなくて過ぎにし方(かた)を数ふれば花に物思ふ春ぞ経にける

来る春も来る春も、空しい花に思(おもい)をかけ、悲しい悩(なやみ)の中に過ぎ去って行った。青春幾(いく)程(ばく)ぞ！　暮れ行く春の日ざしの中に、果敢(はか)なくも過ぎ去った月日を数えて、若い女の尽きない哀傷を嘆いて居る。真に悩ましく情緒の深い歌である。第一句の「はかなくて」を、四五句の「花に」「春ぞ」と対比し、Ha音を三度重韻して歌って居るので、如何(いか)にも嘆息深く、ゆったりと物憂げに感じられる。作者は式子内親王。後白河天皇の第三皇女で、「新古今集」第一の才媛である。

憂きながら人をばえしも忘れねばかつ恨みつつ尚ぞ恋しき

「かつ恨みつつ尚ぞ恋しき」和泉式部の「恨みながらも恋しかるらむ」と好対照。

いづ方に行き隠れなむ世の中に身のあればこそ人もつらけれ

無情を恨んで恨み切れず、断念(あきらめ)ようとして断念きれない、片恋の苦しい思をよく言い切っている。四五句の「身のあればこそ人もつらけれ」が生命である。第三句の「世の中に」は、意味として下の第四句について居る。即ち世の中に我身のあればこそ、人の無情が恨めしくなるの意。

恋ひわびて野辺の露とは消えぬとも誰か草葉を哀れとは見む

いかに寝て見えしなるらむ転寝の夢より後は物をこそ思へ

作者は赤染衛門。平安朝才媛の一人である。四五句「夢より後は物をこそ思へ」の句法に、一流の才気が溢れて居る。

逢ふと見てことぞともなく明けにけり果敢なの夢の忘れ形見や

五句を投げ出したように歌っているのが、いかにも果敢ないようで好い。作家は藤原家隆。新古今選者の一人である。

長き世の尽きぬ嘆の絶えざらばなにに命をかへて忘れむ

久しく逢わない女の許へ贈った歌で、情熱的ではないが沁々とした長嘆息がする。

「長き世の尽きぬ嘆」という言葉も象徴的だが、全体に声調がネバネバして、どこか物(もの)倦(う)く人を惹きつける魅力がある。その分解を示せば上二句で、Nagaki(長き)とNageki(嘆き)の韻を合せ、かつKiとNoとを対比にして重韻してある。次に第四句に移って、拍節音のNaを第一句の主音Naと対韻させ、兼ねて「嘆き」のNaとも重韻してある。

ついでながら、人々のよく知っている反転同音の歌

長き夜の遠(とほ)のねふりの皆めざめ浪乗り船の音のよきかな

は、音韻構成上でこれと同じく、主としてN音の連続的重韻を踏んでるため、妙に眠いような象徴的神秘の感をあたえる。正月二日の夜にこの歌を吟じて寝ると、夢に神仙境に遊んで祝福を受けるという巷説(こうせつ)も、思うにそうした音楽の神秘的象徴感から来て居るのだろう。

別れては昨日今日こそ隔てつれ千世(ちよ)しも経たる心地のみする

前の歌と共に藤原伊尹(ふじわらのこれまさ)(謙徳公)の作。「拾遺集」の「あはれとも言ふべき人は思ほえで身のいたづらに成りぬべきかな」等、すべて同人の作である。

いま来むと契りしことは夢ながら見し夜に似たる有明の月

約束した女は遂に来ない。そして夜は白々と明けかかって居る。その有明の空に浮ぶ悲しい月こそ、どこか夢の中で見た月のように思われると言う意味で、縹渺たる情趣の中に淡い悲しみのある歌である。「夢ながら」は上句を受けて下句に続き、意味を両方に掛けてある。作者は源通具。「新古今集」選者の一人である。

わが恋は庭のむら萩うらがれて人をも身をも秋のゆふぐれ

萩のうらがれに、人の疏遠になる「かれる」を掛け、秋の語呂に「飽きる」の意味を掛けてある。失恋の歌であるけれども、作者が慈円という僧侶だけに、むしろ遁世的の厭世観が強く出て居る。

いくとせの春に心を尽し来ぬあはれと思へ三吉野の花

前の式子内親王の歌「はかなくて過ぎにし方を数ふれば」と同想同趣であるが、歌の格調の上で相違がある。式子内親王の歌は、調子が憂鬱で悩ましげに沈んで居るが、この方は調子が明るく軽快である。作者は藤原俊成であるけれども、女に代って作った者であるだろう。女の歌として読まなければ「あはれと思へ」が利いて来ない。もっともこの当時の歌は女性的で、男の作でも皆女のように感じられる。

思ひあまりそなたの空を眺むれば霞をわけて春雨ぞ降る

万葉の歌「わが背子に恋ひて術なみ春雨の降るわきしらに出でて来しかも」と類想して別趣である。霏々(ひひ)として降る春雨、霞に曇る空の向うに、恋人を思うて終日を憂悶す。また一種の好詩題を捉えて居る。作者は同じく藤原俊成。この人は「千載集」の編纂者で、同時に藤原定家(ふじわらのていか)の父であった。俊成の定家における関係は、丁度「万葉集」における大伴旅人と大伴家持の父子関係によく似て居る。何となれば定家は「新古今集」の第一選者で、家持は「万葉集」の編纂者と言われて居るから。

由良の戸を渡る船人(ふなんど)梶を絶え行方も知らぬ恋の道かな

Yuranoto o
Wataru funando
Kajio tae

Yukue mo shiranu
Koino michikana.

上三句までは序であるが、同時に比喩にも使われて居る。船の梶が絶えたように恋が絶えて、頼りなく行方も解らぬと言う失恋の歌である。声調が美しく朗々として居り、あだかも船に乗って浪間を漂うような感じがある。第一句の主音U（Yは子音であるからUに韻が掛ってくる）を、第四句で「行方」のUに対韻させ、かつ全体にUの母音を多く使ってるため、静かに浪のウネリを感じさせる音象を持ち、その点で比喩の想とよく合って居る。洗煉（せんれん）された芸術がもつ、「美」の観念をはっきり啓示してくれる歌である。

註。船人はフナビトでなくフナンドと発音する。「戸」は「門」で海流の潮界する境。

名残（なご）りをば庭の浅茅（あさぢ）に留（と）めおきて誰ゆゑ人の住み憂かりけむ

昔の懐かしい愛の家。過去の楽しかった二人の生活。その思い出の数々も、今は荒れはてた庭に記憶をとどめ、秋風の吹き乱す浅茅の名残になってしまった。いかなれば人の情（つれ）なく、自分を捨てて愛の家を去ったのだろう！　と言う述懐である。四句の「たれゆゑ」が生命であり、自分がこれほどまで愛して居たのに、何が不満で去ったのだろうという、深い未練の怨恨を含んで居る。事件的にも時間的にも、かなり複雑した内容を統一して、感慨深く詠嘆して居る。秀逸と言うべきだろう。

備考　原本には五句が「君が住みうかれけむ」となって居る。この場合は過去に別れてしまった女であり、今は記憶に留って居る事件完了後の愛人だから、君がとはっきりと指示しないで、人とぼんやり言う方が情趣に富み、詩としての含蓄が深いであろう。

（六四—六六頁参考）

夢にても見ゆらむものを嘆きつつうち寝(ぬ)る宵の袖のけしきは

作者は式子内親王。これほど自分が恋い焦れて、毎夜の如く涙に袖をぬらして居るのに、無情の人は少しも自分を思ってくれない。せめてはこの憐れな姿が、夢にだに見えそうなものを、と言う怨言で、恋に悩む女心のいじらしく、しかも優雅に媚態を帯びた歌である。五句の「袖のけしきは」が第一句に返るのだが、この言葉の中に上臈(じょうろう)の艶(なま)めかしさと、涙に濡れた振袖の媚態がある。これを「万葉集」の女流の歌「命に向ふ我が恋やまめ」と比較すれば、上古の女と中世の女とが、如何に恋の情操を異にするかが解るだろう。一は情熱を爆発させて突撃し、一はこれを内攻させて綿々恨みを訴えて居る。一は純情素朴の野性の恋で、一は慎ましやかで典雅なる淑女の恋。(註)寝るはネルに非ず、ヌルと読む。

眺めわびそれとはなしに物ぞ思ふ雲の旗手(はたて)の夕暮の空

「古今集」の名歌「夕暮は雲の旗手に物ぞ思ふ天つ空なる人を恋ふとて」と同想である。「古今集」の歌には劣るけれども、これはこれで相当の歌に出来てる。

遥かなる岩のはざまに独り居て人目思はで物おもはばや

西行の名歌である。恋は孤独を愛し、人にかくれて瞑想することを悦ぶ。故にまた恋は人を哲学者にする。けれども哲学者が恋をする時、彼はまた一層の孤独と瞑想とに耽(ふけ)るであろう。西行の如き哲人的性格者が、こうした恋歌を詠むのは自然であり、またその人に非ずばこの強い感情は表現されない。すべての恋する人々が、だれも皆普遍的に感ずるこうした詩情でありながら、しかもそれを端的に強く表現し得た者は、古来ただ西行のこの歌より外(ほか)にない。「古今集」の名歌「大空は恋しき人の形見かは物思ふごとに眺めらるらむ」等と並んで、「新古今集」恋歌中の絶唱である。

かくとだに思ふ心を岩瀬山(いはせやま)した行く水の草がくれつつ

「いはせ山」は「言はせ」に通ずる掛け言葉。思う心を人に言わず、下行く水の草がくれに忍んで居るとの意。たいした歌ではないが、掛け言葉のために調子が面白い。

醒めて後夢なりけりと思ふにも逢ふは名残の惜しくやはあらぬ

醒めれば夢と解っても、その夢の中で逢って見れば、やはり別れたことが名残り惜しいという意で、夢から目覚めてなお覚めず、半ば現(うつつ)で夢の女との名残を惜しんで居る歌である。現実の世界と夢の世界との識域が判別せず、意識の朦朧(もうろう)として居るところに情趣があり、一種の縹渺たる詩味がある。二句は「夢」で切って「なりけり」に調子を起す。下句「逢ふは名残の惜しくやはあらぬ」は巧妙の修辞である。

さざ浪や志賀の浜松古(ふ)りにけり誰(た)が世に引ける子(ね)の日なるらむ

編外秀歌

恋歌ではないが、「新古今集」中の一名歌である。昔は子の日に松を引いて長寿を祝う風習があった。それで今ここに見る志賀の浜松は、昔誰が引いて植えた松だろうと言う意味であるが、志賀が上古の廃都であるだけ、過去に対する追憶の情が深く、一種の長い時間的郷愁を感じさせる歌である。特に「子の日」と言う言葉の余情に、一種の暦数的なイメージがあり、古く物侘（ものわび）しい時間の推移を感じさせる。古風で品格のある好い歌である。作者は藤原俊成。（註）「さざなみ」は志賀の枕詞。

いま桜咲きぬと見えてうす曇り春に霞める世の景色かな　　編外秀歌

「いま桜」と言う言葉に生々とした印象があり、「春に霞める世の景色かな」と言う修辞もよく、共に対応して陽春四月花曇の景象を尽して居る。作者は式子内親王。

花は散りその色となく眺むればむなしき空に春雨ぞ降る　　編外秀歌

同じく式子内親王の作。花の散ってしまった空に、さびしく春雨が降って居るという暮春の景象であるけれども、一句を「花は散り」と切って居るので、既に桜が残りなく散ってしまった後の、完全な時間の経過を示し、かつそこに暮春を惜しむ寂寞（せきばく）の境を示して居る。二句に後を受けて「その色となく」と言ったのは、一句の空しい寂寞を余韻に匂わして居るのであって、あだかも春雨に煙る暮春の白っぽい空の如く、縹渺たる情趣を言外に漂わして居る。修辞としての巧を尽した歌である。

明日よりは若菜摘まむと標(し)めし野に昨日も今日も雪は降りつつ　　編外秀歌

「万葉集」にある山部赤人の作。新古今には万葉からの選歌が多く、かつそれが概して皆秀歌であるのは、選者の鑑識が正しいことを示して居る。この歌なども秀歌であって、素朴の中に早春の暖かい情味を持ち、古雅で人なつかしい魅力に富んでる。

備考　「新古今集」では初句が「明日からは」と成ってるが、万葉の原歌では「明日よりは」である。原歌の方が好い。

春日野の下萌えわたる草の上につれなく見ゆる春の淡雪　　編外秀歌

宵々に君をあはれと思ひつつ人には言はで音(ね)をのみぞ泣く

類想の多い恋歌で他奇(たき)はないが、二句の「あはれ」と言う言葉が好い。恋は一種の憐(れん)

憫であり、あわれの情が最も切実に響くからだ。

憂き人の月は何ぞのゆかりぞと思ひながらもうち眺めつつ

愛も憐憫もない無情の女。そんな奴に何の縁があるのだろう。と腹立しくは思いながら、やはり月を見れば懐かしさに耐えられないという意味。「何ぞの縁ぞと」と言う言葉に怒った感情がよく出て居る。恋の心理を深く捉えた歌である。

忘れじと言ひしばかりの名残とてその夜の月は廻り来にけり

月光の明るい夜であった。二人は固く契って将来を約束した。それに人は心変りをして、今は我のみ一人さびしい孤独を忍んで居る。その約束の名残ばかりに、去年の今夜、再度過去の同じ月夜が廻って来たの意。こうした時間的経過の長い、劇的内容の想を三十一文字にまとめるのは、「新古今集」歌人の特に得意とする所である。作者は藤原有家。同じく「新古今集」選者の一人。

何か厭ふよも長らへじさのみやは憂きに耐へたる命なるべき

かくも死ぬばかり焦れて居るのに、何だってそんなに厭うのだろう。さのみはもはや悲しみに耐え得ないと言う歌で、片恋に悩む女心の情を尽し、正に断腸の響がある。「何か厭ふ」という言葉の中に、そんなにも厭わなくっても好いのにと言う、女の恨めしげな訴が籠って居る。作者は殷富門院大輔。

忘れじの行末までは難ければ今日を限りの命ともがな

愛は醒め易く変り易い。今日の情熱は明日の冷灰と成るであろう。如かずむしろ情熱の高潮に身を投じて、愛の燃えあがった刹那の火焔に死んでしまおう。今こそ君はそれを誓い、二人は抱擁して愛し合って居る。ただ願くは永遠にこの瞬間を生活しよう。今日のこの瞬間を限として、むしろこのまま永遠に死にたいという歌である。情熱燃えるが如く、愛に融け合った感情の高潮を尽して居る。新古今恋歌中の名歌と言うべきである。「忘れじの行末」は忘れずと誓う言葉の将来の意。作者は高内侍と言う女性で、後に儀同三司(藤原伊周)の母と成った女であるが、この歌は勿論その婚約の日に作った実情だろう。故にこの名歌一首限りで、他にはほとんど見るべき歌を作って居ない。

生きてよも明日まで人はつらからじこの夕暮をとはば訪へかし

情(つれ)ない人に恋い焦れて、幾日も幾日も忍び尽した。もはや命も耐えがたく、生きて明日まで待つ事は出来ないだろう。今この夕暮の迫る悲しみは忍び得ない。せめて人に情あらば、今日の最後の夕暮を訪ねてくれよと言う歌である。「生きてよも」と言う初句によって、血を吐くような断腸の響を訴え、ついで「明日まで人はつらからじ」即ち死んでしまった明日に成れば、さすがに人も自分を哀れと思うであろうと怨言し、下句に移って「この夕暮をとはば訪へかし」と、到底来ないことを自覚しながら未練らしく望みをかけて歌って居る。句々切々、哀調綿々として真に断腸の極を尽して居る。前の「忘れじの」の歌と共に、同じく新古今恋歌中の名歌であろう。作者は式子内親王。

疎(うと)くなる人を何とて恨むらむ知らず知られぬ折もありしに

西行の歌。彼の恋歌はいつもこうした反省的の理智が加わって居る。僧侶的性格はそれ自身哲人的性格であるからである。

形見とてほの踏み分けし跡もなし来しは昔の庭の荻原(をぎはら)

昔同棲した愛の家を、今訪ねて見ればむなしい廃園に変って居るとの意。前に出した歌「名残りをば庭の浅茅に留めおきて」と類似しては居るけれども、こちらの歌は単純であって、単にそれだけの景情を叙述して居る。どういう事情によって女と別れたのか、その辺がこの歌では不明である。

ほととぎすそのかみ山の旅にしてほの語(かたら)ひし空ぞ忘れぬ

旅中の日の記憶である。夏草の茂る山の上で、男と二人草に坐して恋を語った。その山頂には初夏の白い雲が浮び、ほのかに時鳥(ほととぎす)が鳴いて通ったと言う追憶の歌。「そのかみ山」は「その神山」で、掛け言葉にして「その上(かみ)の昔」を言って居る。夢のような追懐の中に仄(ほの)かな哀愁が漂って居り、限りなく詩情の深い歌である。作者は式子内親王。

備考　原本には三句が「旅枕」となって居るが、修辞上からも声調上からも、ここは「旅にして」でなければならない筈。

夕月夜潮(しほ)みち来(く)らし難波江(なにはえ)の蘆(あし)の若葉を越ゆる白浪　編外秀歌

薄暮に迫る海の渚を、次第に夕方の上汐(あげしお)が寄せて来て、葦蘆の葉をひたひたと濡らす景趣を巧みに詠んでいる。日本画風の題材で少し陳腐には感じられるが、叙景歌としての観照は十分繊鋭な歌である。作者は藤原秀能。

薄く濃き野辺の緑の若草に跡まで見ゆる雪のむら消え　　編外秀歌

緑に萌える早春の野に、残りの雪が白く斑にむら消えして居る。前の歌の日本画風と対照して、これは正に洋画風の画題であり、色彩の強い印象派の油画を聯想させる。作者は宮内卿という女で、この一首の歌のために有名になった。

うちなびき春は来にけり青柳のかげ踏む道に人のやすらふ　　編外秀歌

宛として万葉風の歌である。

思ひ立ち鳥は古巣もたのむらむ馴れぬる花のあとの夕暮(18)　　編外秀歌

「千載集」の歌「花は根に鳥は古巣に帰るなり春の行方を知る人ぞなき」から暗示を得た作であろう。作者は寂蓮法師で、西行と雁行する「新古今集」中の僧侶歌人である。

編外秀歌

昔おもふ草の庵(いほり)の夜(よる)の雨に涙なそへそ山ほととぎす

この歌は白楽天の詩「廬山雨夜草庵中」から暗示を得て、別の風趣に翻案したものだと言われて居る。古来、「新古今集」中の名歌として高評されてる者で、一種茶道風の幽玄な気韻がある。初句の字余りも落付いてるし、三句の「夜の雨」を「よるの雨」と字余りしたのも、音調にしんみりした雨声の感をあたえて居る。古人の定評ほどではないとしても、とにかく象徴味のある集中の傑作である。作者は藤原俊成。

みかの原わきて流るる泉川いつ見きとてか恋しかるらむ

上三句までは序で、四句の「いつ見き」を声調に呼び出すための前奏である。こうした序は全く音律上の調子を付ける為で、内容的には何の意味もないノンセンスである。しかしまたこうした歌に限って音楽的で、韻律上の構成が非常に美しく作られて居る。故に和歌の韻律構成を研究しようと思う人は、この種の歌を親しく解剖するに限る。この歌の分解は左の通りである。

Mika-No-hara Wakite-nagaruru
Ithumi-kawa Ithumi-kitoteka

Koishi-karuran

即ちカ行Kの音と母音Iとを主音にして、一種の「不規則なる方則」による押韻対比を進行させて居る。そのため非常に音楽的で調子がよく、内容の空虚にもかかわらず調子の魅力で惹かれてしまう。（註）歌意はいつ見てから恋したのだろうと言うだけのこと。泉川はイツミ川と清音で読むのが本当でしょう。

今日もまたかくや伊吹のさしも草さらば我のみ燃えや渡らむ

今日もまた言おうとして言い得ない。さらば自分だけで燃えて居ようとの意。掛け言葉に巧を弄した調子本位の歌である。作者は和泉式部。（註）「伊吹」は伊吹山であるが「言ふ」の語呂にもじッてある。「さしも草」は艾（もぐさ）。

われならぬ人に心を筑波山したに通はむ道だにやなき

これもまた調子本位の歌である。筑波山は、人に心を「尽す」の語呂。無情の人に心を尽して密（ひそ）かに思っても仕方がないとの意を、山の下道に譬（たと）えてある。

たのめ置かむたださばかりを契（ちぎり）にてうき世の中の夢になしてよ

止むを得ない事情があって男と別れることになった。それで男の方から、後の世の契（ちぎり）を頼んで別れようと言ったに対して、返事をした歌である。「うき世の中の夢になしてよ」と言う語句が、如何にも寂しく断念（あきらめ）たようで哀れである。作家は定家の母で、男は藤原俊成（定家の父）である。

あはれとて人の心の情（なさけ）あれな数ならぬにはよらぬ歎（なげき）を

自分は数にも足らぬつまらない男であるが、さりとて恋する心は人に劣らず、恋の歎（なげき）には身分賢愚の差別はない。この切ない心を察して憐（あわれ）んでくれとの意。作者は西行で例の通り自省的に謙遜して居る。そしてこの自省的の寂しい心は、必然に彼を孤独の隠遁に導くのである。即ち西行と言う男にとって、恋はいつも「遥かなる岩のはざまに」一人居て物思う冥想であったのだ。

聞くやいかにうはの空なる風だにも松に音する習（ならひ）ありとは

自分は待ち焦れて居るけれども、そんな自分の訴（うったえ）などは、男にとって上（うわ）の空の風である。しかし松でさえも風には音のする習であるから、たまには何とか音信してくれても好さそうなものに。と言う女の怨言で、機智を主とした軽い味の歌である。作者は宮内卿で前掲「雪のむら消え」を作った女である。前の歌と対照して考えても、この女は才智の秀れた理智的の人であるから、観照を主とする自然の叙景歌に適して居り、情熱を主とする恋愛歌には適して居ない。しかしこの歌は新古今歌風のある一面を代表して居る。

幾夜われ浪にしをれて貴船川そでに玉散るもの思ふらむ

貴船川は貴船明神の在る所。そこの明神へ祈願して恋が叶うように通って居るが、今だに一向験がないと言う意味であるが、勿論「貴船」を「来る」の掛け詞にして、夜ごとに女の許へ通うことを寓して居る。貴船の船から「浪にしをれて」と縁語を取り、さらに「袖に玉ちる」と受けて、浪の飛沫の袖に散るのを、涙の落ちることに掛けて言って居る。技巧の克った彫琢の作ではあるが、内に詩情が充実して魅力が深い。上句で「浪にしをれて」と悲しげに沈んで言い、下句で「袖に玉散る」と強く反撥して叫んで居るのも、修辞の対比的巧手を思わす以上に、歌想の切迫した真情を直接に灼きつけて感じさせる。けだし朗吟に耐える名歌であろう。作者は藤原良経（ふじわらのよしつね）。

年もへぬ祈る契（ちぎり）は初瀬山尾上（はつせやまをのへ）の鐘のよそのゆふぐれ

初瀬山の観音へ日参してから、もう既に何年にもなるだろう。そして一向にまだ恋が叶いそうもない。今日も今日とて祈願を終え、寂しく一人山門を出ようとすれば、夕暮の晩鐘が鳴り渡って居る。しかもその鐘は我身の上の鐘でなく、よその人の恋を祝福する鐘の音であるとの意。宛然一場のドラマチックシーンであって、短歌に盛られた構想戯曲とも言うべきもの。技巧としては確かに至芸を尽して居るが、あまり故意（わざと）らしく工夫が芝居じみて居て、真情の人に迫ってくる詩感は極めて薄い。こうした歌は一面新古今の技巧主義を代表すると共に、一面またその技巧主義の悪疾を代表して居る。作家は藤原定家。

春の夜の夢の浮橋と絶（だ）えして峯にわかるる横雲の空　編外秀歌

同じく藤原定家の作。当時の歌壇が観念して居た美意識の最高を尽したもので、修辞における彫琢の精妙を極めて居るが、例によって魂のない美意識の人工細工で、真の意味の美やポエジイは却(かえ)ってない。この作家藤原定家は、当時歌壇の第一人者と目された最高権威で、事実上「新古今集」を編纂した代表者である。即ち「新古今集」における定家は、丁度「古今集」における紀貫之の地位であって、共にその時代の歌壇を支配した二人のオーソリチイであった。そしてまたこの二人は、歌人としての本質で偶然によく符節(ふせつ)して居る。即ち貫之が一代の美学者であったように、定家もまた一代の美学者であった。しかもまた貫之が詩情の稀薄な二流歌人であった如く、定家も同じく一層甚だしい没情熱の人工的歌人であった。

定家の歌を読んでみると、その修辞の精巧にして彫琢の美を尽して居るのに驚嘆する。そうした彼の作歌態度は、時に数学者の緻密な係数方則式を聯想(れんそう)させる。彼はその美学を根拠として、歌を高等数学の函数(かんすう)計算表で割り出して居る。この意味で定家は正に構成主義の典型的歌人であり、「万葉集」の自然発生歌人と対蹠的(たいせきてき)のコントラストを示して居る。すべて「詩」という観念は、定家において正に「構成されるもの」であって、美学意識の原則と理論によって、科学の如く純数理的に「技術されるもの」であった。即ち一言にして言えば定家の態度は、美学によってポエジイを構成する所の純技巧主義であったのだ。

こうした特色ある彼の美学が、それ自ら新古今の新しい時代歌壇を創造した。丁度貫之なしに「古今集」の新歌壇が無かった如く、定家なしに「新古今集」の特色ある歌壇は無かったろう。定家は正にこの点の創造者であり、一代の美学を引ッさげて時代歌壇を建設し、併せてそれに批判の号令をあたえた指揮者であった。即ちまた貫之と同じく、定家は実に一個の「英雄」であったのである。

けれども英雄と天才は別物であり、詩学者と詩人は別人である。英雄は支配し天才は創造する。そして詩学者は原理をあたえ、詩人がそれを芸術する。詩学者には理論があって芸術がなく、詩のイズムがあって「詩そのもの」の魂がない。実に新古今の技巧的構成主義を美学した者は定家であったが、それを真の詩歌に歌った者は、他の西行や式子内親王等の歌人であった。定家その人に至っては、彼の美学を歌の方程式で数学公理に示したのみ。それは単なる美の無機物にすぎないので、詩歌が呼吸する生きた有機体では無いのである。何となればすべての詩歌は――たとえ構成主義や技巧主義の美学根拠に立つ者でも――本源における詩情の燃焼なしに有り得ないから。即ち換言すれば、真の詩人的性情のみが詩を生むのである。そして定家は真の詩人的人物でなく、一代に号令する所の歌壇的英雄を範疇(はんちゅう)として居た。彼の歌に真の魅力がないのは当然である。

わが思ひ空の煙とのぼりなば雲井ながらもなほ尋ねてむ

あしびきの山下しげき夏草の深くも君を思ふ頃かな
わが心春の山辺にあこがれてながながし日を今日も暮しつ

編外秀歌

以上三首、共に紀貫之の作。(19) 貫之の評論はしばしばしたが、定家との比較において、あるいは彼の方が詩人である。すくなくとも彼の歌には、一種の純真の詩情があり、定家のように純技巧的な美術細工に堕して居ない。しかし一方から言えば、その生ぬるい常識的な詩情が不愉快なので、むしろ定家の技巧主義に徹底し、冷静な理智でキビキビと創作している態度の方が、尖端的(せんたんてき)でもあり望ましくもある。今日の批判において、吾人はむしろ貫之に嫌厭(けんえん)して定家を悦ぶ。そしてこの両者の好悪は、それ自ら「古今集」と「新古今集」との歌風に対する好悪である。(巻末「総論」参照)

うちしめり菖蒲(あやめ)ぞかをる時鳥(ほととぎす)なくや五月(さつき)の雨の夕暮

編外秀歌

梅雨時のしめッぽい空気と、そうした曇暗の空の下で、雨に濡れてる菖蒲を思わせる歌である。この歌は「古今集」の「ほととぎす鳴くや五月の菖蒲草あやめもわかぬ恋もするかな」から明白に指示を得て居る。しかし「古今集」の歌は恋歌に属し、こちらの歌は純然たる叙景である。作者は藤原良経。

あふち咲くそともの木蔭露おちて五月雨(さみだれ)晴るる風わたるなり　編外秀歌

五月雨頃の季節的風物感をよく現わして居る。四五句を別々に句切って居るのも、そうした自然の実況を適切に印象づけて巧みである。この歌などは、当時の宮廷式美意識のマンネリズムに捉われないで、作者の見た実景を直接に叙してるだけ、今日の読者には鮮新の感がするのである。実景主義が好いわけではなく、花鳥風月の季題趣味が退屈なのだ。（註）「あふち」棟(おうち)は、即ち栴檀(せんだん)である。

庭の面(おも)は月漏らぬまでなりにけり梢に夏の蔭茂りつつ　編外秀歌

これも実景主義の歌。夏が来て庭の樹葉が茂った為、月影も差さなくなったと言うだけの写生であるが、どこかに幽玄の景趣がある。

窓近き竹の葉すさぶ風の音にいとど短(みじ)かきうたたねの夢　編外秀歌

類想の歌に「窓近きいささ群竹風吹けば秋におどろく転寝の夢」がある。どっちも「新古今集」の歌であるが、前掲の者の方が、少し落付があって優るであろう。作者は式子内親王。

わが恋は逢ふを限りのたのみだに行方も知らぬ空の浮雲

「古今集」の歌に「わが恋は行方も知らず涯もなし逢ふを限と思ふばかりぞ」がある。多分これから指示を得て作ったのだろう。恋歌としては「古今集」の方が情熱的だ。作者は源通具。

逢ふことはいつと伊吹の嶺に生ふるさしも絶えせぬ思なりけり

君いなば月待つとても眺むらむ東の方の夕暮の空

作者は西行。恋歌の部には入って居ないが、やはり恋歌として見るのが正当である。

面影の忘らるまじき別れかな名残を人の月に止めて

同じく西行の歌。今日の月光の夜に別れた記憶は、永遠に忘れることが出来ない故、月を見ればいつでも君の面影を思い出すだろうと言う意味を、下句「名残を人の月に止めて」と詠んだのである。西行は自然発生的の態度で歌を作る歌人であって、元来の本質は万葉歌人の範疇に属して居る。この点彼は「新古今集」の例外者で、当時の歌風たる構成的技巧主義と矛盾して居る。しかるにその西行すらも、時にはしばしばこうした新古今的技巧の歌を作るのである。この点彼もまた時代の子で、個性が時代の中に矛盾しつつ生活して居る現象を見るべきである。しかしそれは別問題とし、この歌は西行の恋歌として秀れた者の一つであろう。

桐の葉も踏み分けがたくなりにけり必ず人を待つとならねど

作者は式子内親王。いかに待っても焦れても、無情の人は少しも自分を訪ねてくれない。そのため庭は桐の落葉で埋ってしまったとの意。それほどにも実に待ち焦れて居りながら、故意に「必ず人を待つとならねど」と負惜しみに反対を言ってるのが、この歌の魅力ある所以(ゆえん)であって、いかにも女らしくスネてる気持と、久しく縁の切れてる寂しい心境を言い現わして居る。そしてこれがまた秋風落寞(らくばく)たる景象とよく融け合い、技巧を尽して真情に迫る者がある。新古今恋歌中の秀逸と言うべきだろう。

玉の緒よ絶えなば絶えね長らへば忍ぶることの弱りもぞする

同じく式子内親王の歌。わが命よ。むしろ早く死なば死ね。生きてこの上苦しさに耐えられないとの意で、恋歌として最も哀切な感情を絶叫して居る。二句で「絶えなば絶えね」と捨鉢に叩きつけて歌いながら、下句に移って「忍ぶることの弱りもぞする」と心細げに消え入って悲しんで居る。この間の修辞よく女の心理を尽して巧みである。(註)「玉の緒」は「魂の緒」で生命の意。「緒」だから「絶える」に縁を掛けてる。

忘れてはうち嘆かるる夕(ゆふべ)かな我れのみ知りて過ぐる月日を

自分だけで思って居るのだ。対手(あいて)は一向に無情であって、自分の悩(なやみ)なぞ知りはしない。自分だけが悩を知ってる。そして密かに嘆いた所で何になろう。しかもつい忘れては、その無益の嘆(なげき)を繰返して居るとの意で、片恋の果敢(はか)なく切ない思(おもい)がよく歌われて居る。「忘れては」という言葉によって、自分で自分を愚かに思う理智的の反省が示されてる。こうした理智的の反省は、「万葉集」の女流歌人には全く見られない所であった。万葉の女たちはただ一直線に情熱を爆発させて居た。中世の教養ある女と上古の女とちがう所以。作者は同じくまた式子内親王。これも集中恋愛歌の秀逸だろう。

しるべせよ跡なき浪に漕ぐ舟の行方も知らぬ八重の潮風

同じくまた式子内親王の歌。初句「しるべせよ」という言葉の中に、作者はその情熱と嘆息の一切を投げ出して居る。この歌には恋慕の象徴的な情趣があって、ある悩ましい音楽の浪の中に、遠く心を引きさらって行くような感じがする。編者の知っているある詩人は、この歌を朗吟すると不思議に心が誘惑され、月光の海に人と情死がしたくなると言った。そういう感じの普遍性は疑問としても、とにかくこの歌には音楽的の魅力があり、恋の悩ましい心を遠く誘って行く嘆息がある。もっともこの類想の歌は外にもあり、「古今集」に「白浪の跡なき方に行く舟は風ぞたよりのしるべなりける」「新古今集」に「追風に八重の塩路を行く舟の仄(ほの)かにだにもあひ見てしがな」等少なくない。しかもこれ等の類歌中、真にその詩感の中枢神経を摑んだのはこの一首で、為(た)めに他は全く影を失ってしまって居る。

わが恋は知る人もなしせく床の涙もらすな黄楊(つげ)の小枕

同じくまた式子内親王の作。これも女らしく可憐である。

式子の歌はここに連載した数編の外、前にも沢山の恋歌を出して居るが、いずれも恋愛詩として秀逸であり、ほとんど皆名歌だと言っても好い。彼女の歌の特色は、上に才気潑剌たる理智を研(みが)いて、下に火のような情熱を燃焼させ、あらゆる技巧を尽して、内に盛りあがる詩情を包んで居ることである。即ち一言にして言えば式子の歌風は、定家の技巧主義に万葉歌人の情熱を混じた者で、これが本当に正しい意味で言われる「技巧主義の芸術」である。そしてこの故に彼女の歌は、正に新古今歌風を代表する者と言うべきである。

ついでながら「新古今集」は、実に女流歌人の満開を競った花園である。即ち当代の才媛として宮内卿、俊成女(しゅんぜいのむすめ)、丹後(たんご)、大輔(たいふ)、式子内親王等があり、これに前代の伊勢、相模、馬内侍(うまのないし)、赤染衛門、和泉式部等が加わり、正に女流歌人の一大競技場たる観がある。しかもこの競技場で群を抜いてる優秀者は、実に式子内親王と和泉式部の二人である。ただし和泉式部は前代の歌人に属し、「新古今集」には客員として列席して居る者であるから、新古今における実際の一人者は、結局やはり式子内親王に帰するであろう。宮内卿、俊成女もまた才媛であり、その芸術的才気においてあるいは式子内親王に優る者があるけれども、彼等は女流独特の軽薄な末技に走り、内に燃焼する真の詩的情熱を持って居ない。真の本質的詩人に必然さるべき、真の本質的詩情を以て一貫した中世の女流作家は、実にただ和泉式部と式子内親王の二人であった。

雲かかる遠山畑の秋されば思ひやるだに悲しきものを　編外秀歌

心なき身にもあはれは知られけり鴫たつ沢の秋の夕ぐれ　編外秀歌

寂しさに耐へたる人のまたもあれな庵ならべむ冬の山里　編外秀歌

誰れ住みてあはれ知るらむ山里の雨降りすさむ夕暮の空　編外秀歌

山里に訪ひ来る人の言草はこの住居こそ羨ましけれ　編外秀歌

以上五首、すべて西行の作である。[20] これ等の歌を一貫して、彼はある何物かの飢餓を切実に訴えて居る。自然の中にも、人生の中にも、彼は常に孤独の寂しい男であって、心の充たされない対象を永遠に求めて居る。そうした西行の悩は何だったろうか。それこそすべての詩人的性格に本質している、あの一つの痛切な飢餓――魂を食い裂く虚無感――なのだ。自然にも人生にも、彼を充足させる実在は一つもない。実在はただメタフィジックの世界にあり、現象の背後に遠く、思慕の羽ばたきする永遠の彼岸にある。そして西行の悩んだものは、実にその永遠の郷愁だった。彼は地上の寂しい国々を歩き廻った。そして到る所に、どこでも彼の充たされない空虚の心と、孤独のさびしい姿を発見した。

こうした西行の一つの心は、すべての本質的な詩人等に共通して居る。ヴェルレーヌが悩んだものもそれであった。ボードレエルの悲しみもそれであった。はたまたキーツ、シェレー、ワルズウァーヅ、芭蕉、啄木等の一生もそれであった。ただ人の境遇と趣味とによって、各々の詩想と生活の様式がちがって居る。西行にしてもし近代の巴里（パリ）に生れ、大都会の繁華に生活の基点を持って居たらば、おそらくはヴェルレーヌやボードレエルの徒と同じく、その無限の郷愁を酒と阿片（あへん）の耽惑（たんわく）に求めたろう。ただ環境がちがう故に、彼は仏教哲学の影響で山野の中に隠遁した。そしてこの西行の隠遁趣味を、今日の我々は好んで居ない。近代都会文化の中に教養を受けた吾人（ごじん）は、むしろボードレエルの耽惑に同情しても西行の隠遁に反感する。実に西行と吾人を隔てる一つの垣根は、この著しい趣味の相違に存するのだ。

だがそれにもかかわらず、なおかつ吾人は西行の歌の中に心をひかれ、ややもすればその隠遁的詩境の寂（さび）に誘惑される。けだし芸術の本源する所の者は、趣味でなくして精神の熱誠に存するからだ。そして西行の本質した一つの詩情は、今日なお永遠に我々のポエジイと共通して居る。

山賤（やまがつ）の片岡かけて占むる野の境に立てる玉の小柳（をやなぎ）　編外秀歌

山賤は農夫のこと。それが片岡かけて一帯に占有して居る自分の所領地の境に、貧しい柳が一本立って居ると言うだけの叙景であるが、田舎の景情が巧みに写され、宛として俳画を見るような印象がある。作者は同じく西行。

古畑の側(そば)のたつ木にゐる鳩の友呼ぶ声のすごき夕暮　　編外秀歌

同じくまた西行の叙景歌。西行の本領は実にこうした風物の叙景にある。彼の恋愛歌は前に二、三出してるけれども、多くは理智的の反省に克ちすぎて居り、恋愛歌の本義とすべき情熱の爆発がない。恋愛歌人としての西行は、僅かその名作一首(遥かなる岩のはざま)を除いて、所詮(しょせん)凡庸の列に入れらるべき作家である。彼の本領はそこになくして、こうした叙景歌や旅情歌にある。後世芭蕉の俳句が出発した基調のものが、これ等の西行から啓示を受けてることも明らかである。

道の辺に清水ながるる柳蔭しばしとてこそ立ちとまりけれ　　編外秀歌

同じく西行の歌。夏の日の山路を行く行脚僧(あんぎゃそう)の実況を、彼自身の経験で詠んだ歌であろう。何でもないスケッチのようであるが、妙に人なつかしい魅力がある。正岡子規がねらった所謂（いわゆる）写生歌の出発がこれ。

鈴鹿山（すずかやま）うき世を外（よそ）にふり捨てて如何（いか）になりゆく我身なるらむ　　編外秀歌

想は単純だが情趣は深く、声調の美と和して無限に魅力のある佳い歌である。子規の所謂写生歌等も一派であるが、歌としてはむしろ小器（しょうき）であり、こうした朗々たる行き方が本当だろう。作者は同じく西行。

備考「なりゆく」「ふり捨て」は、鈴鹿山から縁を取って、鈴の「鳴り」「振り」に掛けてある。

年たけてまた越ゆべしと思ひきや命なりけり小夜（さや）の中山　　編外秀歌

同じくまた西行の歌。かつて何年か前、昔越えた同じ山を、再度また今越えようとは思わなかったと言う意味であるが、四句の「命なりけり」という言葉にしみじみした歎息があり、人生の無情や宿命に対する無限の感慨が含まれて居る。この歌は西行一生の傑作として、古来一般にも定評されてる名歌であるが、真に情趣の深く含蓄のこもった哲学的の名歌である。もし西行に何等かの思想――宿命観や人生観――があったとすれば、おそらくこの一首の歎息にすべての内容をこめて居るだろう。これを以て彼の代表的傑作と認めるのは当然である。

要するに西行は「新古今集」の圧巻詩人で、女流の式子内親王と相対して双絶である。しかも式子は濃艶花の如き恋愛歌人で、西行は枯淡墨の如き自然歌人である。一方は人生の悩ましき春を歌い、一方は自然の蕭条(しょうじょう)たる秋を歌う。一方は才気潑剌たる技巧主義の歌人であり、一方は素朴純一なる自然発生の歌人である。コントラストにおいてこれほど興味ある対照はなく、両々(りょうりょう)相対して「新古今集」一巻の価値を構成して居る。

夏衣かたへ涼しくなりぬなり夜や更けぬらむ行きあひの空

編外秀歌

夏の夜更けて急に気温が下り、空に初秋の風が吹き渡って、涼気の身に沁みる感覚を、すらすらと巧妙に歌って居る。作者は慈円。(註)「行きあひの空」夏と秋との行きあい。

春の夜の夢にありつと見えつれば思ひ絶えにし人ぞ待たるる

作者は「古今集」の才媛伊勢。淡い春宵の悩みがある。

いつも聞くものとや人の思ふらむ来ぬ夕暮の松風の声

作者は藤原良経。来ぬ人を待つ身に取って、夕暮の松風は聴くに耐えない寂しさである。しかも待たれる人の方では、いつも聴く通りの風だと思って、一向平気で居るだろうとの意。「松風」が「待つ」に掛けてあるのは言うまでもない。

忘れゆく人ゆゑ空を眺むれば絶え絶えにこそ雲も見えけれ

「絶え絶えにこそ」に意味がこめてある。情趣の深い歌である。

あはれなる心の闇のゆかりとも見し夜の夢を誰れかさだめむ

「あはれなる」という言葉の中に、絶望的な心境にある恋の悲嘆を含蓄させてある。如何にも頼りない感じのする憐れ深い歌である。

契りきや飽かぬわかれに露おきし暁ばかり形見なれとは

長く愛し合うことを契ったのに、その朝の別れを最後として、暁ばかりが恨めしい形見になろうとは思わなかったの意で、一別以来疎遠になった女への怨言である。「契りきや」「思ひきや」等の如く、散文ならば意味の最後に付くべき言葉を、逆に文の初頭に出して感嘆詞の如く使用するのは、和歌における韻文修辞の特色であり、詩としての深い感情を表出させる。源通具の作。

いかばかり嬉しからまし諸共に恋ひらるる身も苦しかりせば

うき身をばわれだに厭ふ厭へただそをだに同じ心と思はむ

思ふには忍ぶることぞまけにける逢ふにし換へばさもあらばあれ

「古今集」の代表歌人であった在原業平の作。下句「逢ふにし換へばさもあらばあれ」は、逢うことさえ出来ればどうなろうと構わないの意であるが、調子が強く男性的の歌い方である。業平と言う男は一世の暴れ者で、放縦な乱暴ばかりして居た人であるから、恋歌を歌ってもやはり豪放の気風が出て居る。

何となくさすがに惜しき命かなあり経ば人や思ひ知るとて

西行の歌。業平の豪放とは反対に、内気な寂しそうな恋である。前者が常にその勝利者で、後者が常にその敗北者たる所以。

逢ふことを今日まつが枝の手向草幾夜しをるる袖とかは知る

作者は式子内親王。「松が枝」を「待つ」に掛け、手向草を縁語に引いた調子本位の歌であるが、稀れの逢瀬を悦ぶ女心が可憐である。

逢ひ見ても甲斐なかりけり烏羽玉のはかなき夢におとる現は

巧は無いが真情の深い歌である。「烏羽玉」は夢の枕詞。「現」は現実である。作者は藤原興風。「古今集」時代の名歌人。

枕だに知らねば言はじ見しままに君語るなよ春の夜の夢

作者は和泉式部。一夜の嬉しかった契を秘密にしようと言う意であるが、そうした秘密を愛する影に、女心の嬉しさが包み切れず現われて居る。下句「君語るなよ春の夜の夢」は、春宵の悩ましさを尽して濃艶な修辞であり、明治の天才与謝野晶子女史が初期の歌風を聯想させる。けだし集中名吟の一であろう。

待つ宵に更けゆく鐘の声きけば飽かぬ別れの鳥は物かは

後朝(きぬぎぬ)の別れに鳴く鳥のつらさは、皆人の言うことであるけれども、来ない人を待ちあかして深夜に聞く鐘のつらさはそれ以上だとの意。後世「松の葉」等の俗謡になりそうな歌趣である。作者は小侍従(こじじゅう)という女で、この一首によって名声を得た。

楸(ひさぎ)おふる片山蔭に忍びつつ吹きけるものを秋の夕風　　編外秀歌

夏の残暑がなお強い日に、僅かばかりの楸が生えた片山蔭を、かすかにそっと秋風が吹いて通ったと言う叙景歌である。「吹きけるものを」という言葉によって、外はなお残暑の日光が照りつけてるのに、有るかなきかの秋風がそっと吹いた気分を現わして居る。風物歌として「新古今集」中の秀逸だろう。作者は俊恵法師(しゅんえほうし)。叙景歌の名手はいつも僧侶に限られている。

伏見山松の蔭より見わたせばあくる田の面(も)に秋風ぞ吹く　　編外秀歌

作者の展望している位地が、それ自ら全景の中心として浮き出して居るので、簡単の素描であってしかも印象が深い。名手と言うべきである。藤原俊成の作。

武蔵野や行けども秋の果ぞなきいかなる風の末に吹くらむ　編外秀歌

茫々(ぼうぼう)たる曠野(こうや)の秋を思わせる。

風さむみ木の間(21)晴れ行く夜な夜なに残る隈なき庭の月影　編外秀歌

住みなれし人影もせぬ我が宿に有明の月はいく夜ともなく　編外秀歌

以上二首。前は式子内親王、後の歌は和泉式部。二人とも本領が恋愛歌にあるのは勿論だが、風物歌にも相当の技倆は認められる。ただしこうした主情的な作家の歌は、叙景においても観照より情象が克ち、自然イマジストの象徴味を帯びることに注意すべきだ。

秋風にたなびく雲の絶間よりもれ出づる月の影のさやけさ　編外秀歌

閨の上に片枝さしおほひ外面なる葉広柏の霰散るなり　編外秀歌

鬱蒼とした大樹の葉蔭が、青畳を敷いた部屋の中を暗くして居る。そして戸外には霰が降り、茂った柏の葉に散り当って居る。一本の大樹を中景として、室内と戸外の両面から、静寂幽邃の詩境を描いてる。巧手と言うべきである。作者は能因法師。

手もたゆくならす扇のおきどころ忘るばかりに秋風ぞ吹く　編外秀歌

初秋の涼しい風に吹かれて、清楚の女が物倦げに扇を弄んで居る。いかにも優雅な感じのする歌である。作者は相模。

別れての後もあひ見むと思へどもこれをいづれの時とかは知る

作者は大江千里。「古今集」時代の名歌人である。この歌の下句「これをいづれの時とかは知る」には、一種の寂しい旅愁が浮んで居る。旅に立つ前に詠んだ歌であるからである。なおこの歌には、各句に母音Oの韻脚が正しく蹈んである。左の如し。

Wakareteno
Nochimo
Aiminto
Omoedomo
Koreo
Izureno
Tokito
Kawashiru

もらさばや思ふ心をさのみやはえぞ山城の井手(ゐで)の柵(しがらみ)

思ふ心を言はでは止まじ。今は忍ぶに耐えないから、いで洩らそうという意味である。「えぞ山城」を「えぞ止まむ」に掛け、「井手の柵」と地名の縁語に掛けて続けて居る。純然たる技巧本位の歌であって、下句は全(まる)で掛け詞の語呂合せだが、それだけ調子がよく軽い意味で面白い歌である。こうした歌を遊戯的だとして一概に排斥するのは、詩における機智(イット)の妙を知らない狭見である。

夕暮は雲のけしきを見るからに眺めじと思ふ心こそ付け

「心こそ付け」は心付くの意。厭世憂鬱の調を帯びた秀歌である。作者は和泉式部。

暮れぬめり幾日をかくて過ぎぬらむ入相の鐘のつくづくとして

同じく和泉式部の歌。「つくづくとして」は鐘を突くことに縁を掛けてある。こうした縁語は、多くの場合無用の洒落にすぎないけれども、この歌ではそれが直接の響をもつため、詩趣にある種の余情と陰影をあたえて居る。さすがに和泉式部は、技巧の本質を知ってる歌人と言うべきである。二首ともしんめりとした佳い歌で、薄暮の晩鐘を聴くような憂愁の情趣がある。集中では雑歌の部に入れてあるが、解釈によっては恋歌に入れても好いであろう。

もろともに出でし空こそ忘られね都の山の有明の月

題には「旅の歌とて詠める」とあるが、むろん恋人と一緒に旅行した時の記憶であろう。都を立って旅に出る朝、東雲の空に浮ぶ有明の月を二人で見るのは、恋する人にとって忘れがたい感慨であり、永遠に悲しくなつかしい思い出だろう。作者は藤原良経。

人よりも心のかぎり眺めつる月は誰（たれ）ともわかじものゆゑ

月は自分が誰であるか、何を思って居るか知らない故、いつまでも勝手な空想をして、一人心行くまで眺めて居られるという意味であり、勿論恋する心の詠嘆である。この場合の「人」は愛人のことでなくして、一般の他人と解する方が穏当だろう。

匂ふらむ霞のうちの桜花おもひやりても惜しき春かな

美しい女を物越しに見て詠んだ歌。「古今集」にもこの種の類歌がある。

思ひつつ経（へ）にける年の甲斐（かひ）やなきただあらましの夕暮の空

「ただあらまし」をただ一般と言う意味と、ただ無為に居るという意味と、両方に掛けて歌って居る。作者は後鳥羽上皇。上皇は「新古今集」の勅撰指命者で、かつ自ら選を監督された。英邁（えいまい）にして気概に富む一代の明主であったが、新興武家階級のために圧迫されて、終生懊悩（おうのう）の中に悲憤して崩じられた。

わが恋は松を時雨（しぐれ）の染めかねて真葛（まくず）が原（はら）に風さわぐなり

時雨が松を染めることの出来ないように、恋人の心を染めることが出来ない為、真葛が原に風吹く如く心乱れて居るとの意。趣向本位の歌で真情は薄いが、調子や修辞の上で面白味がある。作者は慈円。

難波潟(なにはがた)みじかき葦(あし)のふしの間も逢はでこの世をすごしてよとや

上三句までは序で、短いということの形容。こうした歌は大概調子本位に出来るのだから、想よりも声調の音楽美に注意しなければ無意味である。この歌上三句までは母音AとIとの対比的な反覆押韻で構成されて居る。即ち

Naniwa-gata Mizikaki Ashi-no Fushi-no-mamo

で、下四句以下は主として母音Oを重韻してある。かつ初句 Naniwa-gata の主調母音Aと「葦」のA及び四句「あはで」のAとを、三度畳んで対韻にして居る。作者は伊勢。

帰るさのものとや人の眺むらむ待つ夜ながらの有明の月

作者は藤原定家。

来ない人を待ちあかして、自分はこの有明の月を眺めて居る。しかるに待たれる人の方では、他の別の恋人と逢曳(あいびき)をして、今頃はその帰路にこの同じ月を見て居るのだろうという意味。ずいぶん複雑な趣向を凝らした歌であり、技巧上で敬服すべき点はあるけれども、趣向に余って詩情に足らず、一種の「判じ物」のような感じがする。畢竟(ひっきょう)定家一流の技巧主義で作った歌で、詩が頭脳(ヘッド)でのみ構成されて居り、心情(ハート)から直接に湧出されてないからである。

　　つらかりし多くの年は忘られて一夜(ひとよ)の夢をあはれとぞ見し

長年恋して始めて思が叶ったのである。下句が哀れ深い。

　　難波人(なにはびと)いかなる江にか朽(く)ちはてむ逢ふことなみに身をつくしつつ

藤原良経の作。「逢ふことなみ」を川の浪に掛け、「身をつくし」を澪標(みおつくし)、即ち川の水準を示す標木に掛け、一切を難波江の縁語に掛けて居る。趣向本位の歌ではあるがよく出来て居る。

恨みわび待たじ今はの身なれども思ひ馴れにし夕暮の空

作者は寂蓮。

しるしなき煙を雲にまがへつつ世を経て富士の山と燃えなむ

作者は紀貫之。富士は当時の活火山であったから。

はかなくぞ知らぬ命を嘆き来しわがかね言のかかりける世に

「かね言」は願い事。もちろん恋の願い事である。そればかりで生きて居たのに、今は望みも空しくなり、残骸ばかりになってしまったという嘆息。技巧上には特長のない歌であるけれども、生涯の情熱をかけて悶えながら、不遇に寂しく終った女の真情が哀れである。作者は式子内親王。

因に式子内親王は、その青春時代を斎院*(神宮の巫女)として幽閉され、遂に生涯を通じて嫁がず、処女不犯の寂しい一生を終ったのである。彼女の恋歌の多くが、一貫して悶々の哀調を帯び、内に悩ましい情熱を籠めて居るのは、思うにこの強いられた境遇に反抗する、不満の爆発であったのだろう。それ故にこそ彼女は、後年 橘 兼仲等の陰謀に連坐して、危うく厳刑に処せられる所であった。罪を免かれて後、人生に絶望して尼院に入り、悲しいあきらめの中に歔欷(きょき)しながら、童貞マリアの聖(きよ)く悲しい生を終った。身は皇族の姫君に生れながら、所詮彼女の生涯は悲惨な傷(いた)ましいものであった。すべての天才的な詩人にとって、不遇が避けがたい必然の運命であるように、彼女もまた。

＊斎院の寝床には蛇が這入り込むと伝説されてる。意味深痛、察すべしである。

鵲(かささぎ)のわたせる橋におく霜の白きを見れば夜は更けにけり　　編外秀歌

「鵲のわたせる橋」は宮中にある橋の名前。冬の夜更けてその橋に霜が降ってるという叙景であるが、この歌を読むと不思議に寒い感じがして、霜に更ける夜天の冷気が身にしみて来る。その効果はもちろん想の修辞にもよるけれども、声調がこれに和して寒い音象を強くあたえる為である。即ちこの歌の音韻構成を分解すれば、主としてKとSとの子音重韻で作られて居る。そしてこれ等の歯音や唇音やは、それ自身冷たく寒い感じをあたえるからだ。ローマ字で示せば次の如し。

Kasasagi-no Wataseru-hashi-ni Okushimo-no Shiroki-o-mire-ba Yowa-fuke-ni-keri.

作者は「万葉集」の歌人大伴家持である。これが「新古今集」に選歌されてるのは、多分こうした音象的の芸術効果が、当時の聴覚を尊んだ音調本位の歌人等に向いたからであろう。またこの歌は「小倉百人一首」にも取られているが、「百人一首」の選は一層極端な聴覚主義で、大部分が調子本位の音楽的な歌であるから、こうした歌が入選一等になるのも自然である。

備考 「新古今集」写本には五句が「夜ぞ更けにける」となって居るが、ここは原歌通りに「夜は更けにけり」が本当である。

きりぎりす鳴くや霜夜のさむしろに衣かたしき独りかも寝む

編外秀歌

この歌も前同様、如何(いか)にも寒そうな感じがする。そして音韻構成も前の歌と同様である。即ちカキクケコのK音と、サシスセソのS音を主調にして重韻して居る。作者は藤原良経であるけれども、歌風は万葉を模倣して居るし、音韻の構成も前の家持の歌と同じであるから、多分それから啓示を得て試作したものであろう。

因に言うが、歌では修辞と声調の音象とがよく融和し、前掲の二首の如く調想不離の作を以て最上とする。調と想とが別々になり、音楽と内容とが分離して居るものは二流である。

もののふの八十(やそ)うぢ川の網代木(あじろぎ)にいざよふ浪の行方知らずも

編外秀歌

「万葉集」に出ている柿本人麿の歌である。この歌は人麿の作中でも、特に声調の美しい音楽的の歌であって、朗々として余韻の尽くるところを知らない。前にも他で言った如く、人麿の歌は特にその音楽に美を有し、この点で人を強く魅惑するのであるけれども、なかんずくこの種の作には万葉調の佶屈(きっくつ)がなく、流暢で朗らかの古今調に接近した所がある。万葉歌人中、独り人麿が後世に愛された所以のものも、またおそらくはここにあったのだろう。すべての天才の特色は、一の中に多を含み、一の個性中に多方面の雑多を包括して居る事にある。人麿の中にはこの多方面が含まれて居り、一方からは「古今集」や「新古今集」やと、深く相通ずる根本の要素がある。この歌の如きも単に声調のみでなく、全体の修辞的構成は新古今と共通して居るのを見るべきである。（註）
「もののふ」は八十(やそ)の枕詞。

朝倉や木の丸殿にわが居れば名のりをしつつ行くは誰が子ぞ　編外秀歌

これもまた代表的な万葉時代の歌である。作者は天智天皇。英姿颯爽として居る。

船ながら今宵ばかりは旅寝せむ敷津の浪に夢はさむとも　編外秀歌

作者は藤原実方(ふじわらのさねかた)。船中旅泊の実況歌であるが、詩趣が深く叙情に富んでる。

夜もすがら昔のことを見つるかな語るや現(うつつ)ありし世や夢　編外秀歌

夢が現(うつつ)か現(うつつ)が夢かという歌想であるが、下句に縹渺とした叙情がある。

信濃なる浅間の嶽(たけ)に立つ煙遠方(をちかた)びとの見やはとがめぬ　編外秀歌

噴火山の上に一抹の煙が立ち登って居る。その青空に浮んだ煙は、遠国の人の目にも見えるだろう。と言うただそれだけの歌であって、しかもどこかに言い知れぬ旅愁の寂しさがあり、あるノスタルジヤの胸に響いて来るものがある。詩に富んだ歌と言うべきである。作者は在原業平。

駿河なる宇都の山辺の現にも夢にも人に逢はぬなりけり　編外秀歌

同じく在原業平の歌。これも羇旅の歌であって、一人山路を越える旅人の寂しさをよく歌って居る。前にも他の篇中で言った通り、万葉以来真の羇旅歌と言うべきものは無くなってしまった。平安朝以後の歌人は所謂殿上人であって、宮廷以外一歩も旅行したことのない人々である。時に彼等も宮中の絵巻物や書物から聯想して、所謂「旅の心」を空想で詠んで居るが、もとより経験のない空想から実の旅情歌は生れて来ない。ただ一人彼等の中の例外者は業平だった。彼は時の藤原政府に叛逆した為、都を追放されて生涯の大部分を漂流の旅に過した。そしてこの逆境からその羇旅詩が生れたのである。故に業平の旅情歌には、都を追われて都に恋しつつ漂泊している、追放者の寂しい郷愁が至るところに影を曳いてる。この点で彼の羇旅歌は、他の万葉歌人や西行等のそれと異なり、一種特別の詩趣と風格とがある。とにかくにも彼は、平安朝殿上人の群における唯一例外の羇旅歌人であった。

暁のゆふつげ鳥ぞあはれなる長きねふりを思う枕に　編外秀歌

限りなく幽玄で象徴味の深い歌である。こういう歌には種々な解釈も付けられるし、仏教経典からの演繹も附会され得る。たとえば「長きねふり」を無明長夜の夢と解し、人生の煩悩から解脱を求める入寂発心の歌とも解説出来る。だが本来言ってこの種の歌は、純粋に芸術的な直感でのみ鑑賞すべきで、牽強附会的な注釈などは持ち出さない方が好いのである。そんな理窟を一切除いて、無心な芸術的直感で受取る時、始めて実にこうした歌の真意が解り、その芸術としての幽玄な象徴味を会得し得る。作者は式子内親王。

静かなる暁ごとに見わたせばまだ深き夜の夢ぞかなしき　編外秀歌

前と同じく幽玄な歌で、「梁塵秘抄」の「仏は夢に見え給ふ」等と一脈共通する詩境である。だがこれもやはり前と同じく、経典などの出所観念を捨ててしまい、純粋にこれだけの文字の上から、直感としての象徴を汲むべきである。作者は同じく式子内親王。二首とも尼寺に入ってからの作であろう。あれほど情熱的な恋歌を作り、青春の地に悶々としていたこの佳人が、皇室制度の犠牲となって斎院や尼院に送られ、若くしてこんな歌を詠んだと思うと可憐である。特に前の歌には、人生に断念して長き夜の死を願い、暁のゆうつげ鳥(鶏鳴)を夢に聴いて落涙している、果敢なく寂しい心境が暗示されてる。何もかも投げ出してしまった女は、そこでただ静かな死を待ち、永遠の醒めない眠を望んで居るのだ。その深い哀傷が歌の象徴の中に漂い、仄白く東雲時の尾を曳いて歔欷して居る。

かくばかり憂きを忍びて長らへばこれよりまさる物もこそ思へ

編外秀歌

和泉式部が尼になろうとした時の歌である。この女もまた不遇であって、晩年は憂悶の中にさびしく暮した。天才の生涯は悲惨であり、佳人の一生は不遇である。和泉式部と式子内親王とは、中古女流歌人中の双璧でありながら、二人ともこうした不遇に身を終った。小野小町もまた、多分にもれず悲惨な運命に窮死した。天何ぞ才媛に報いることの薄き！

総論

真の歴史哲学は、事件のあらゆる変化と複雑さの中において、我々の前にある者が同じ不変の存在であり、昨日と同じく今日も同一目的を追求し、かつ永遠に追求する者であるということを了解するにある。歴史哲学は、従ってすべての事件の中に同一の性質を認め、特殊な環境、習慣、様式、風習のあらゆる変化にも拘らず、到る所に同じ人間性を見るべきである。——いついかなる所においても、自然の表象は円である。何故ならそれは循環の図式であるから。

ショーペンハウエル

「万葉集」について

日本の抒情詩(リリック)たる和歌の起源は、遠く国初の「古事記」、「日本紀」に始まって居る。しかしそれが一定の律格を取り、三十一音字の短歌として具体的に成立したのは、実に「万葉集」を以て紀元とする。「万葉集」以前は不定律の自由詩であり、今日の所謂(いわゆる)短歌と言うべき形式に属しなかった。故に正(まさ)しく「万葉集」こそ、短歌の創世紀元と云うべきである。

「万葉集」は、持統(じとう)天皇より淳仁(じゅんにん)天皇に至る六十年間、藤原朝より奈良朝に至る間の編纂であり、正に新日本の文化が勃興せんとする、洋々たる創世紀時代の歌集であった。当時国憲既に定まり、広く外国と交通して支那の文化を輸入した為、人心益々刺戟(しげき)を求めて活気に充ち、興国新進の元気真に溌剌(はつらつ)たるものがあった。こうした国家の青春時代に興るものは、何よりも先(ま)ず「情緒の解放」を求めるところの、大胆にして自由なる浪漫主義の思潮である。そして実に「万葉集」は、この時代的浪漫主義の思潮を集めた、一巻の国民的抒情詩集に外ならない。

それ故に「万葉集」は、すべてにおいて青春の元気に溢れ、熱と力に充ちた情熱的の歌集である。特にその新興民族の気宇が高く、詩操の雄大豪壮のことは無比であり、後世これと比肩し得る歌集は一つもない。けだし万葉以後の日本人は、国勢の推移につれて次第に退嬰的となり、遂に全く島国根性の中に萎縮してしまった為である。独り上古万葉時代の日本人のみ、興国新進の元気によって雄大な世界的気宇を抱いて居た。そして、この時代的の国民思潮が、万葉歌風の形式の上に反映されている。単に格調ばかりでなく、歌の情想や用語の上でも、彼等は盛んに支那の外国文化を取り入れ、新鮮にして奔縦不羈な創作を試みて居た。しかるに「古今集」以後の歌人たちは、これに対する島国的な反動からして、歌を全く国粋主義的な者にしてしまった。

要するに「万葉集」は、興国新進の気運に乗じた上古人が、大胆率直に情緒を解放した歌集である。故にその歌風は自然直截で力強く、詩感は奔縦不羈で活気に富み、格調は荘重剛健で威風に充ち、情熱は素朴で赤裸々に表出されている。およそかくの如き名歌集は絶無であり、国史三千年を通じて他に比類がない。「万葉集」は実に天下独歩の大芸術と言うべきである。しかしながらこの「万葉集」も、その前半期の作品と後半期の作品とでは、多少歌の風格実質を異にして居る。「万葉集」の真に代表的な者は比較的初期の作品であり、後期になるにしたがって上述の特色が稀薄になっている。特になかんずく、編集の末期にあたる奈良朝後代の多くの歌は、既にほとんど原始万葉の興国精神を失って居る。名歌人大伴家持等によって代表される後期の歌は、一般に著しく理智的となり、観照本位的となり、繊鋭の神経と技巧とを発育させて、物心の静観を重んずるようになって来た。即ち情緒の解放を精神として、大胆不羈の情熱を高調した原始万葉集の浪漫主義は、後期に至って観照本位の歌風となり、情熱よりも静観の智慧を尊ぶ、客観的レアリズムに推移して来たのである。

しかしながら概して言えば、なお「万葉集」は興国時代の歌集であり、覇気と、元気と熱情に富み、かつ自由新鮮の気に充ちて居る。そしてこの理由の故に、今日現代の吾人読者は、他のあらゆる歌集にまさって、「万葉集」に最高の興味を感ずるのである。正直に告白して、吾人は「新古今集」や「古今集」よりずっと多く、「万葉集」の方に魅力を感じ、肉感的に親しく惹き付けられる愛を持っている。第一に「万葉集」は、何よりも吾人にとって解り易い歌集であり、その点で特別の親しみを感じさせる。そしてここで「解り易い」という意味は、文字の古義的註解の意味ではなくして、詩が歌おうとしている情操から、同感共鳴を持つことを言うのである。（芸術が「解る」と言うのは、すべてこの意味に外ならない。）一方で「古今集」や「新古今集」やは、この点で吾人に難解の歌集である。吾人はその歌の字義を知る。しかもその詩が発想する情趣については、容易に妙味を会得することが出来ないのである。

かくの如く「万葉集」が、今日現代の読者にとっての魅力深く、かつ本質的に理解し易いのは何故だろうか。けだし明治開国以来の新日本と、上古万葉時代の日本と、多くの点で国情が類似して居るからである。開国以来の新日本は、王権復古して上古に帰り、外国と交通して文化を輸入し、国民の意気大にあがって、興国新進の気運溌剌として居る。そして上古万葉時代の日本が、丁度またこの通りであったのである。それ故に明治以後の新歌壇は、当然「万葉集」への復帰を叫び、それの立脚する大精神から、一切新しき歌の出発すべきことを力説した。即ち新日本の新短歌は、興国時代の若々しい浪漫主義に一貫し、詩想に鮮新な刺戟(しげき)を求めて、奔縦不羈な情熱を赤裸々に絶叫した。

しかしながら日本の事情は、この半世紀間に著しく変化して来た。大正末期より最近にかけての日本は、もはや明治初年の溌剌たる活気を失い、人心漸く倦怠して無為に慣れ、既に興国時代の若々しい情熱を無くして居る。したがって吾人の歌壇も、今では既に原始万葉から遠く離れ、後期万葉の特色たる繊巧の観照主義、静観主義に傾向して居る。明治から最近に至るまで約六十年。丁度これが「万葉集」の編纂期間で、偶然にもその歌風の変遷を一にして居るわけである。

「万葉集」二十巻、その中短歌の大部分を占める者は恋愛歌で、集中の所謂正述心緒(せいじゅつしんしょ)、寄物陳思(きぶつちんし)、相聞(そうもん)、及びその他に亘って約七割を占有して居る。これ等の大多数の恋愛歌が、実際「万葉集」の中枢部であり、かつ特に秀歌の多いのも勿論(もちろん)であるが、他の一般の述情歌、叙景歌、羇旅歌、雑歌等においても、秀(すぐ)れて卓越した名吟の多いことは、特に万葉の価値としてあげねばならぬ。何となれば後世の多くの歌集――「古今集」や「新古今集」等――は、その恋愛歌においてのみ傑出して居り、他の羇旅歌や叙景歌等の部分において、ほとんど見るに足る作品がすくないからだ。この点の優越だけでも、「万葉集」は後世の者に優り、国史上無比の黄金歌集と言わねばならぬ。

　要するに「万葉集」は、今日現代の読者にとって、鑑賞的にも批判的にも、最も興味の多い歌集である。「古今集」等の者と比較し、それは遥かに吾人の生活と密接し、何(なん)等(ら)か直接の詩的触覚を感じさせる。この意味で「万葉集」は、最も古くして最も新しい意義を有するところの、一の現代的歌集と言うことが出来るだろう。況(いわ)んや短歌ばかりでなく、その長歌も、特殊な光彩を有して居り、芸術として今日の新体詩や自由詩――それ等は明白に過渡期の試作的産物であり、芸術として生硬である。――に優って居る。

最近急に万葉研究熱が勃興し、専門歌人や歌学者の他、多くの熱心な研究者を続出するようになったのも、我が国最近の国情に見て、全く自然の時代的趨勢と言わねばならない。

※「万葉集」の用語には、「然り」「否」「即ち」「以て」「殆んど」「寧ろ」「如かず」あるいは「恋ひつつ非ずは死なむまされり」「何れの時か吾が恋ひざらむ」等の漢語調漢文脈が盛んに使用されてる。しかるに「古今集」以後の歌は、反動的な国粋主義の思想からして、一切こうした漢語漢文脈を排斥し、純粋の大和言葉のみを限定した。そのため歌が剛健の調を失い、力のない柔軟の者に変ってしまった。ただし一方の見地で言えば、それだけ優雅な曲線美を増したのである。この用語上の大変化は、五七調から七五調へと変ってくる、格調上の推移と密接に関係して、両者の歌風を根本的に差別づけてる。(「奈良朝歌風と平安朝歌風」参照)

※歌が日本独特の詩形であり、建国の太古から伝統されてると言う意味では、勿論言うまでもなく「国粋」である。しかし用語や情操の上において、外国の輸入を排斥すると言う主張の「国粋」なら、歌として反動的な島国思潮と言わねばならない。最近アララギ一派の歌人の中には、歌における外国思潮を嫌厭し、一切洋語等の使用を禁止している者があるけれども、上古「万葉集」の進取的な自由思想と対照して、あまりに萎縮

した自滅的陋見(ろうけん)と言わねばならない。

※新興初頭の明治歌壇は、与謝野晶子氏等の明星派によって代表され、大正後半以後の現歌壇は、所謂アララギ派によって代表されてる。明星派は情熱的で奔縦不羈、よく原始「万葉集」の精神を伝えて居た。他方でアララギ派は観照的で技巧に克(か)ち、意識的にも後期万葉の歌風を手本にして居る。明治から昭和に至る六十年、これが丁度万葉編纂の六十年に当るのである。

奈良朝歌風と平安朝歌風

1

「万葉集」の特色は、内容から言えば自然率直、形式から言えば荘重雄勁（ゆうけい）、態度から言えば直情直詠主義であった。しかるにこの「万葉集」も、後期においては既に著しく変貌し、

わが宿のいささ群竹吹く風の音のかそけきこの夕かも
静けくも岸には浪の寄せつるかこれの家（や）通（とほ）し聞きつつ居れば
甚（はなは）だも降らぬもの故こちたくも天（あま）つみ空は曇らひにつつ

のごとき繊細巧緻の観照となり、幽玄の心境を尊ぶ象景的イマジストに傾向して来た。これ既に原始「万葉集」の解体であり、ここに奈良朝歌壇は終（おわり）を告げた。ついで来るべ

きものは新しい別天地の開展でなければならない。

「万葉集」より約一世紀半を経て、ここに平安朝の新しい歌壇が興った。彼等はすべてにおいて万葉のコントラストで、形式からも内容からも、全然独立した別趣の歌風を創造した。即ち平安朝の新歌風は、万葉の豪壮に対して優美を尊び、率直に対して趣向を好み、経験に対して空想を取り、自然に対して構成的の技巧を選んだ。しかもこの新しく開けた歌風は、「古今集」に始めて創立されて以来、七代の勅撰歌集を経て継承され、最後に「新古今集」によって爛熟至芸の極に達した。以下この平安朝歌風の特色について概説し、併せて「万葉集」と対比しよう。

※「万葉集」は藤原、奈良の両朝にかかる編纂歌集であるけれども、仮りにここで奈良朝歌風と総括しておく。同様にここで平安朝歌風、もしくは中古歌風と呼んでいるのは、実際には、平安朝から鎌倉初期に至るまでの総称である。

奈良朝歌風と平安朝歌風との対蹠点（たいせきてん）は、根本の問題としては、創作上における態度の相違、即ち美学意識の異別観に存するのである。上古「万葉集」時代の歌人は、概して自由の庶民であり、広く自然生活の中に歌の題材を求めて居た。しかるに「古今集」以後の平安朝歌人等は、宮廷の中に監禁された殿上人（てんじょうびと）の一族であり、禁裡（きんり）の狭い庭園以外、ほとんど自然を見たことのないような人々だった。かつその生活様式も一定して居り、すべてが皆高等官吏の退屈な生活を類型して居た。そこに新しい発展もなく変化もなかった。

こうした高等囚人たる彼等にとって、詩材の欠乏はその最も悩むところであった。歌の対象は限定され、人々の言う所は極(きま)って居る。そこでこの単調から脱(のが)れる為に、彼等はその所謂「趣向」に熱中し始めたのである。趣向とは今日の美学で言う観念的構成主義の事であって、歌を実情のままに作らず、主観的意匠によって技巧的に構成する方法である。この新しい美学によって、彼等は単調な同一題材を種々に加工し、種々の趣ある変化と脱出とを試みた。同時にまた彼等は、実景実詠主義の単調を避け、空想によって作為する新境地を開拓した。言うまでもなく空想は芸術の主要素であり、狭い経験の領域から解放して、芸術の世界を自由の天外に飛翔させる。経験の単調に窮塞(きゅうそく)された当時の歌人が、これによって詩想の発展を求めたのは当然である。

かくて平安朝時代の歌壇は、ここに万葉以来の新美学を創造した。万葉時代の素朴な歌壇は、自然をその実景で詠み、主観をその実情で率直に歌うところの、所謂自然発生主義を美学の根拠に建てて居た。彼等の態度は純真だが、詩歌の美学としてはなお素朴な者にすぎないだろう。しかるに「古今集」以後の新歌壇は、この詩学を根本から革命して、趣向や空想による観念的技巧主義の新詩学を創立した。もとよりこの事情は、宮廷生活者たる彼等の不自由な境遇から、止むなく強いられた脱出によるとはいえ、素朴から複雑に推移してくる自然の道で、歌における美学意識の一大発展と言わねばならぬ。すくなくとも歌道意識の認識上で、彼等は万葉から一大飛躍をしたのである。

しかしながらこの飛躍は、他の別の事情によって相殺され、実際には、却って歌を窮屈な類型的の者にしてしまった。その別の事情と言うのは、「古今集」によって興された反動的国粋主義の思想である。前に他の稿（「万葉集について」）で述べたように、上古奈良朝時代の先頭に立つ者は歌人であった。当時の歌人は活気に充ち、常に刺戟を求めて外来思潮を歓迎した。彼等は支那唐代の文化について、その言語と思想を輸入し、これを自家の芸術に摂取吸入した。故に上古の歌は大胆不羈で、着想は鮮新にして自由広汎、用語は漢文脈を混じて奔縦豪放であった。しかるに中古以後の日本は、既に朝鮮を放棄して島国政策を取ると共に、漸く反動的国粋主義の新思潮が興って来た。そしてこの時代思潮を真先に奉じた者が、実に「古今集」一派の歌人であったのだ。

それ故に当時の歌壇は、意識的に排外思想を高唱し、歌における一切の外来要素（漢語、漢文脈、支那思想）を排斥した。そして純粋の大和言葉で、純粋の国粋情操のみを歌うところの真の典型的な「やまと歌」「敷島の道」を建てようとした。そしてその結果、歌の用語が著しく制限されて窮屈になり、漢語はもとより拗音や促音さえも除外され、かつ万葉風の剛健な力強さが無くされてしまった。のみならず歌の題材が限定され、単調一律の類型的反覆になってしまった。何となれば彼等は、純粋の国粋趣味のみを高調しようと意識した為、その歌材の範囲は常に花鳥風月の純日本情操に限定され、春と言えば梅に鶯、夏と言えば藤浪に時鳥、秋と言えば鹿に紅葉の類想のみを、百人一律に反覆するようになってしまった。

こうした類想の符節からして、ここに所謂「題詠」が生じ、詩材がカード引になると共に、趣向も空想も自由を失い、空しく類型の季題趣味に低迷して、何等意義ある創造を為し得なかった。しかもこの偏狭な国粋主義――詳しくは宮中式庭園趣味の国粋主義――は、「古今集」以後歌の規範すべき憲法となり、長く後世の歌人等に伝統された。実に明治の改革に至るまで、歌はただ花鳥風月を主題として、千篇一様のマンネリズムを繰返す外、他にほとんど能事のない芸術になってしまった。しかも人々はそれを以て、歌の歌たる所以の本質とさえ思惟して居たのだ。

中世「古今集」以後の歌は、実際この点の類想と単調とで、甚だしく我々を退屈させる。特にその風物叙景歌――それは歴代勅撰集の主要部を占め、春夏秋冬の四季に分類されて居る。――は、こうした類想趣味の典型であり、花鳥風月の極りきった類想類歌で満たされて居る。どの歌もどの作者も、一のある規範されてる美的イデオロギイで自然を見て居る。特殊な例外的少数を除く外、そこには何の目ざましい個性もなく独創もない。おそらく今日の読者にとって、中古歌風のこの欠陥ほど、無刺戟で耐えがたい者はないであろう。かの芸術的洗煉（せんれん）の巧を尽した「新古今集」すら、この点の退屈さは同様であり、千篇一律の類想歌を行列して、耐えがたく我々読者を悩まさせる。

　要するに当時の歌人は、窮屈な宮廷生活によって監禁され、禁裡の庭の雪月花的風景以外、自由な自然美について知らなかったのである。所詮空想と言い趣向と言うも、過去の経験の綜合的自由意匠である故に、経験の種がない所には構成がなく、無から有を生じ得る道理がない。中古歌人の美学たる意匠的構成主義も、種のない手品を考えた頭脳と同じく、この点では不合理を仮説して居る。自然について貧弱の経験しか持たない彼等が、如何にして貧弱以上の空想を意匠し得よう。畢竟（ひっきょう）類想の同一詩材をこね返して、箱庭的風景の小模型を造る外ないであろう。これを上古万葉歌人の庶民的で、広く山野の自然に遊吟した歌風に比し、中古の叙景歌が退屈なのは当然である。しかも彼等の中古歌人は、その箱庭的小自然観の背後において、美的観照の規範されたイデオロギイを有して居た。即ち彼等の観念する国粋主義を、その宮中的庭園美の範疇（はんちゅう）と結びつけた。そして二重の原因から、一層歌を類型的にしてしまったのである。

けれどもこうした病癖から、決して一概に中古の歌を非難し得ない。なぜなら彼等の作品の主脳部分は、それらの風物歌や抒情歌にあるのでなく、むしろ主としてその恋愛歌に存するのだから。恋愛歌においてのみ、彼等は豊富な経験を所有して居り、何等の類型趣味にも捉われないで、自由な意匠と技巧とを構成した。けだし当時の宮中生活は、自由恋愛を以て美の最高と認めて居た。その宮廷儀式のあらゆる窮屈さにかかわらず、独り男女情交の世界だけは、ほとんど奔縦に近い絶対自由が許されて居た。彼等の監禁された殿上人等は、独りこの世界でのみ解放され、情痴のあらゆる経験を漁り歩いた。おそらくはその経験が、彼等の全生活でさえあったのだろう。

それ故に彼等の歌では、恋愛において最も全感的な情熱が燃え、かつ最も高調した芸術が表現されている。たとえその題詠等によって作った者でも、背後に多くの切実な経験を持ってる故、空想や意匠が虚偽でなく、真に現実感の強い生彩を以て躍動して居る。のみならず中古歌風の特色たる七五調や、その優雅で曲線的の言語やが、恋愛の本質たるスイートの情操とよく一致し、調想相和して最も適切の感をあたえる。この点において彼等の歌は、確かに「万葉集」に優るであろう。万葉の歌は直線的でゴツゴツして居り、本来スイートな恋愛の情緒と一致しない。特に女性の恋愛歌として、著しくこの不調和が感じられる。（笠女郎、坂上郎女の如き「万葉集」の女流歌人は、この点で確かに幾割かの損をして居る。その剛健にすぎる強い言語が、女性の恋愛歌として不調和であり、優雅の媚態を欠くからである。）

要するに「古今集」以後の歌は、当時の宮中生活者たる貴族、貴嬪、及び僧侶等によって専有された芸術である。そして、彼等だけが、当時において唯一のインテリゲンチャであり、芸術を所有し得る階級であったのである。この社会的事情において、現代はむしろ上古の万葉時代に接近して居る。「万葉集」の時代にあっては、文化が特殊階級に専有されず、ずっと民衆的に普遍して居た。故に今日現代の吾人にとって、上古に親しみを感ずるほど、中古の特殊文化に迂遠を感ずる。吾人は「万葉集」を読むようには、容易に「古今集」以下を鑑賞し得ない。これ等の歌の妙味を知るのは、古典の教養に属して居て、一つの難解な勉強である。以下この啓蒙の一助として、平安朝歌風の特色を具体的に説明しよう。

2

「万葉集」の抒情歌は、心情を直ちに述べる「正述心緒」と、外物または景象に譬えて思を叙する「寄物陳思」と、二つの大別した様式に別れて居た。しかるに「古今集」

以後の平安朝歌壇においては、この所謂寄物陳思が特別に慣用され、これが著しい芸術的発達を遂げた結果、遂に中世歌風の定型的な一特色を成すに至った。ここにその種の歌の概念を説明する為、「万葉集」の寄物陳思から二、三の例をあげて見よう。

かきつばた佐紀沢(さきさは)に生ふる菅(すげ)の根の絶ゆとや君が見えぬ此頃

ほととぎす飛幡(とばた)の浦にしく浪のしばしば君を見むよしもがな

大崎の荒磯(ありそ)のわたり這(は)ふ葛の行方もなくや恋ひわたりなむ

最初の歌の第一句から第三句までは、四句の「絶ゆ」を言う為の比喩であり、言わば一種の枕詞として修辞されてる。即ち歌人の所謂「序詞」である。次の歌も同じく三句までが序詞であるが、ここでは比喩としての目的よりも、むしろ四句の「しばしば」を音律上に呼び出す為の、声調上の修辞を主眼として用いられている。最後の歌もまた同様であるけれども、ここでは比喩がそれ自ら叙景となり、序詞が直ちに主観の寂寞(せきばく)たる心境を表象して居る。かく景象と心象とが、不離に融合して居る場合の序詞を称して、歌人は普通に「有心(うしん)の序」と称して居る。これに対して単なる比喩、もしくは声調上の目的を主とする者を、普通に「無心の序」と称するのである。

「万葉集」に現われたこの種の歌は、けれどもなお芸術的に未熟であり、多くは素朴で生硬な者に過ぎなかった。これが修辞上に洗煉されて、特殊の著しい発達を遂げたのは、実に「古今集」以後の平安朝歌壇である。平安朝歌壇の一般的風潮は、主としてこの種の歌に創作の苦心を尽し、そこに彼等の歌の特色ある一風格を樹立したのだ。故にもしこの点だけで、万葉の寄物陳思と「古今集」以後の歌を比較すれば、後者の方が芸術的により洗煉されて居ることは言うまでもない。ただしその代償として、感情を率直に述べる正述心緒が、却って万葉時代より退歩して来たのは止むを得ない。

こうした歌風の発達からして、古今以後の歌には縁語や掛け詞が慣用され、それによってまた修辞上の新しい一方面が開拓された。もっともこの種の修辞は、既に早く奈良朝時代に発芽して居り、「万葉集」にも例歌がすくなくない。例えば

　妹が目を見まく堀江のさざれ浪しきて恋ひつつありと告げこそ

　わが妹子に衣(ころも)春日(かすが)の宜寸河(よしきがは)よしもあらぬか妹が目を欲(ほ)り

始の歌で「見まく堀江」は「見まく欲り」と堀江を掛け、次の歌で「衣春日」は「衣借す」の意に語呂を掛けて居る。だが「万葉集」に見るこの種の修辞は、なお極めて幼稚なものであり、かつ半ば滑稽的の遊戯意識で取り扱われて居る。しかるに「古今集」以後の平安朝歌風になると、これが重要な修辞として取り扱われ、そこに特殊の風情あ

るスタイルを構成した。特に掛け詞の巧みな使用は、平安朝歌風の著しい特色であり、彼等の詩における音楽の最も優美な部分を構成して居る。言うまでもなく掛け詞とは、言語の共通する語呂によって、一つの言葉に二つの意味を掛けた用法であり、言わば言語の経済的重利法であるけれども、歌における使用上の真目的は、主としてむしろ声調上の音律方面にかかって居る。即ちそれによって調子をよくし、韻をなだらかにし、あるいは重韻対比の美しい音楽的反転を曲にあたえる。「古今集」以後の平安朝歌風が、この点の修辞で如何に洗煉し、如何に特殊な芸術美を完成して居るかは、読者自身本書の選歌について見るべきであろう。

最後になお注意すべきは、奈良朝歌風の特色たる枕詞が、平安朝歌風において衰滅したことである。奈良朝歌風即ち「万葉集」の特色をなしているものは、実にその枕詞の定則的な慣用だった。例えば「久方の」「天ざかる」「たらちねの」「玉鉾(たまぼこ)の」「夏草の」「夷(ひな)ざかる」「たまかつま」等の枕詞は「万葉集」全巻を通じて至る所に使用されている。やや一般論的に言えば、枕詞こそ実に奈良朝歌風の特色と言うべきだろう。(一般論的と言ったのは、万葉後期の歌には比較的それの慣用が尠(すく)なくなって居るからだ。これは注意すべき現象である。)しかるに「古今集」以後の歌になると、この枕詞の慣用が廃(すた)って来て、ごく稀(ま)れにしか見ることが出来なくなった。稀れに使用して居る者であっても、それの純粋の用法を転化させて、多くは一種の縁語として使用して居る。そしてまたこの事から、歌の律格上に著しい変化を生じて来たのは、以下次節に亘って説く如くである。

3

以下の外、すべてにおいてなかんずく最も重要な問題は音律であり、音調上における特色である。平安朝「古今集」以後の歌は、この点で著しい特色をもち、形態上にも、拍節上にも、万葉調と根本から異なって居る。次にこの音律上の差点を述べよう。

何人も知っている如く、短歌は三十一音律の構成であり、その律格は5・7・5・7・7の句切りで出来ている。この点においては一切の短歌が同じであるが、その節律における行の切り方（即ち呼吸の切れ目）を種々に変えることによって、同じ短歌が二行詩にもなれば三行詩にもなり、したがってまた七五調にも五七調にも変わるのである。ところで短歌の形態はもと長歌の凝縮から来て居るので、これが「万葉集」では反歌として現われて居る。長歌と言うのは57・57を幾行にも長く続けて行くのであって、これを最短の形に凝縮した者が短歌である。即ち短歌では57・57を二度繰返し、最後に結句（コダ）として7を重ねる。

「万葉集」における短歌の韻律原則は、実にこの長歌の最短形式によって居るので、57・57の反覆による所謂五七調なのである。しかるに「古今集」以後の歌になると第一句の五音が分離して一行となり、次の第二句から行頭を起すために、自然75・75の反覆となり、ここに所謂七五調が出来て来るのだ。即ち次に示す如し。

57・57・7（奈良調）

5・75・75・2（平安調）
7

何故に平安調では、第一句の五音が分離したかと言うに、前述の如く「古今集」以後の歌風においては、万葉の慣用たる枕詞が廃滅した為である。枕詞と言うものは、次に来る名詞もしくは動詞の形容として、前置的に用いられるものであるから、必然に第二句の行頭と結び付く関係であり、枕詞がある以上は必ず五七調と成って来る。万葉の歌はこの枕詞を慣用とし、一首の第一句もしくは第三句、即ち五音の来る場所に使用した。古今以後はこれが使用されなくなった為に、自然第一句が次節と分離することになったのである。これを次の実例について見よう。

玉藻刈る 5　敏馬（みぬめ）をすぎて 7・夏草の 5　野島（ぬしま）の崎（さき）に 7　船近づきぬ 7（万葉集）

思ひきや 5　逢見ぬほどの 7　年月を 5・数ふばかりに 7　ならむもの 5　とは 2

（拾遺集）

・印の所は節律の最も重要な句切りであって、ここで最も長く呼吸を休み、以下を続けて一息に詠んでしまう。故に万葉調も平安調も、共にひとしく二行詩の形態ではあるけれども、行の切り場所がちがうのである。今日の所謂「上ノ句」「下ノ句」の詠み方は、平安調歌風の定式である。（ただし「万葉集」の歌でも、第一句にのみ枕詞を使用して第三句に用いない者、あるいは全然枕詞を入れない者は、大体においてやはり平安調と同じになって居る。ここでは特に典型についてのみ述べて居るのだ。）

かく万葉の基本律は五七調で、古今以後の基本律は七五調である。しかるに五七調は荘重で重々しく、七五調は優美軽快の感をあたえる。また五七調の力強く剛健なのに対し、七五調は繊細幽玄の情趣に富んで居る。そしてこの律格上の形式的相違は、それ自ら歌の内容たる情操の変化に外ならない。即ち万葉時代の歌は内容的に雄健で力強く、平安朝以後の歌は主として繊細優雅である。故に一方から考えれば、各々の時代の情操が、各々の表現する必然の律格を作ったので、つまり内容が形式を生んだのであるが、これをまた逆に考えれば、形式の変化が内容を推移させたとも言えるだろう。所詮芸術における形式と内容とは、一枚の板の裏表、鏡の実体と映像に外ならない。

万葉の歌で特別に注意すべきは、その言語に屈折が多く、拍節が非常に強いことである。しかるに「古今集」以後においては、言語が著しく円滑になり、拍節が弱くなだらかに変って来て居る。試みに次の例を比較して見よ。

秋風は急くとく吹き来萩が花散らまく惜しみ競ひ立つ見む（万葉集）
秋風にあへず散りぬるもみぢ葉の行方さだめぬ我れぞ悲しき（古今集）

死なむ命これは思はずただにしも妹に逢はざる事をしぞ思ふ（万葉集）
あらざらむこの世の外の思ひ出に今一度の逢ふこともがな（後拾遺集）
潮騒の伊良子の島辺こぐ船に妹乗るらむか荒き島回を（万葉集）
山かくす霞ぞ春は恨めしき何れ都の境なるらむ（古今集）

この比較において、如何に万葉の歌がゴツゴツして居り、拍節強く剛健の力に充ちているかを見よ。「古今集」以後の歌になると、この強い拍節が削り去られ、円滑ですらすらした優美流暢の音楽に変って居る。これを一方から言えば万葉調は粗野であり、平安調は洗煉の美であるか知れない。しかし一方から逆に言えば、平安調は屈折と力に欠けている、平板軟弱の音楽であり、そのすらすらしたモノトニイに退屈させる。だがもっと深くこの音楽を味(あじわ)うものは、平安調の美がその言語の旋律部にあり、平板の中に複雑な曲線を持つことを知るであろう。言わば万葉は節瘤(ふしこぶ)(拍節)の多い竹であり、平安調はその拍節を滑らかに削り切って、言語の音韻がつながって行く自然の模様を、複雑微妙の螺旋(らせん)で描いて居るのである。故に古今を愛する者は万葉に粗野を感じ、万葉を好む者は古今に単調を感ずるのである。

要するに万葉調はリズミカル(拍節的)で、平安調はメロジアス(旋律的)である。したがって前者は独逸(ドイツ)音楽のように剛健であり、素朴な力に充ちて地を踏みつけるが、後者は南欧音楽のように優美であり、複雑繊麗な情趣に富んでいる。故にスイートと言う点では後者が優り、力という点では前者が優る。また別の比喩で言えば、万葉音楽は男性的の直線美で平安音楽は女性的の曲線美である。直線美と曲線美と、拍節美と旋律美と、そのいずれを好むかは人々の随意であり、各自の趣味によって決定される。もし非難を言い合うならば、それは両方から持ち出せる非難であるから、価値の判決には採用されない。ただしかし言えることは、万葉の内容には万葉の音楽があり、古今の内容には古今の音楽が必要であり、この情操と音楽とを、相互に交換できないと言う一事である。

※明治初頭の新歌壇は、奈良朝時代と同じく極めて歌を自由に解し、広く外国思潮や時代思潮を取り入れて居た。しかるに最近、アララギ派以後の歌壇は保守的となり、次第に狭義の国粋主義に退嬰しようとしつつある。けだしこの事情は、一方に新体詩以後の自由詩が発達をして、すべての新詩材を独占した結果である。即ち今日の事情において、「詩」の広い領域は所謂自由詩に取られてしまった。短歌がその形式において固守する者は、今日において伝統の国粋以外に無くなったので、自然退嬰の止むなき場合に至ったのだ。しかもこの退嬰は、必然に反動的な精神を駆り立てる為、今後の歌壇は益々頑固な国粋主義に傾くだろう。この点で最近歌壇は、本質的に中古の反動歌壇へ近づきつつある。現に一般の歌風を見ても、既に後期万葉から脱出して、最近ほとんど「古今集」等に接近して居る。(もっともこの「反動の反動」として、最近一部の歌壇に自由律論者や社会主義歌人が興った。これ等の新派が精神する所の者は、所詮言って原始万葉精神への復古である。)

石川啄木の三行歌は、大体において「万葉集」の五七調を取ったのである。それ故三行に書くのは不自然で、正しくは二行に書くのが本当であり、さらに一層正則には、句点を附して一行にすべきであろう。即ち下の如し。「命なき砂の寂しさよ・さらさらと握れば指の間より落つ。」

「古今集」について

日本短歌の全野を通じて、歌と呼ばれる者の範疇は二つしかない。一は即ち奈良朝歌風の歌であり、一は即ち平安朝歌風の歌である。そして前者は「万葉集」によって代表され、後者は「古今集」によって創始されている。

それ故に「古今集」は、日本和歌史における一大エポックの創立的記念碑であり、万葉以後の新歌風を開拓した最初の黄金歌集として、正に千古不滅の価値を残す者でなければならない。実際「古今集」以後の世々の歌風は、そのスタイルと美学の根本原理を、ことごとく皆母胎の「古今集」に襲踏して居る。たとえ枝葉において、多少の新しい変化を試みた歌風であっても、原則として「古今集」を離れた者は一つもなかった。王朝文化の最後の名花たる「新古今集」の歌風の如きも、そのすべての異彩と価値とにかかわらず、所詮は「古今集」を師伝した亜流の高弟にすぎなかった。況(いわ)んや他の凡庸の勅撰歌集は、代々皆「古今集」を粉本(ふんぽん)とし、ひたすらその歌風の追従を能として居た。

かくして「古今集」の一大歌系は、平安朝を通じて鎌倉、室町の時代に及び、さらに徳川時代三百年を通じて明治の初年まで一貫した。この歴史の間、人々は全く「万葉集」を忘れて居り、歌と言えばそれ自ら七五調平安歌風を意味する者と考えて居た。そして七五調平安歌風が「歌」として思惟される限り、そのスタイルの創立者たる家元の「古今集」が、絶対唯一の聖典視されるのは当然である。人々は「万葉集」を敬遠し、時にまた「新古今集」を邪道として擯斥した。けれども何人も「古今集」を礼讃した。あるいは時に「自然に帰れ」の反動が叫ばれたが、その「自然」も万葉奈良朝歌風への回帰でなく、常に「古今集」の出発直伝を意味して居た。要するに「古今集」は、過去千余年の歴史を通じて、歌壇の神聖なオーソリチイであったのである。

しかしながら今日の批判において、「古今集」に果してどれだけの価値があろうか。勿論それが歌壇にエポックした大事業の功績は、批判の余地なく認める所であるけれども、歌集としての芸術内容を吟味する場合においては、自らまた別の鑑賞に依らねばならないのだ。先ずこの有名な歌集を取り、順次に一首宛読んで見よう。巻頭第一、先ず「年の中に春は来にけり一年を去年とや言はむ今年とや言はむ」の駄歌が出て居る。続いて「袖ひぢて結びし水の氷れるを春たつ今日の風や解くらむ」「雪の中に春は来にけり鶯の氷れる涙いまや解くらむ」等の笑止な低脳歌が続出して居る。以下春の部、夏の部、秋の部、冬の部の四季全巻を通じ、愚劣に非ずば凡庸の歌の続出であり、到底倦怠して読むに耐えない。試みに「古今集」の代表歌数首をあげて見よう。

萩の露玉に貫かむと取れば消ぬよし見む人は枝ながら見よ
雪ふれば木毎に花ぞ咲きにける何れを梅とわきて折らまし
山高み雲井に見ゆる桜花心の行きて折らぬ日ぞなき
吹く風を鳴きて恨みよ鶯はわれやは花に手だに触れたる
心あてに折らばや折らむ初霜の置き惑はせる白菊の花
蓮葉の濁りにしまぬ心もて何かは露を玉とあざむく
夏の夜はまだ宵ながら明けぬるを雲の何所に月宿るらむ

萩の露を糸で貫けば消えるから、そのまま枝で見るが好いとか、梅の漢字を分解して木毎の二字に別けて見たり、山上の桜は手に折れないから、心が行って折って居るとか、あるいは蓮葉の清浄にして、露を玉と欺くのは怪しからん矛盾であるとか、夏の短か夜には月の宿る暇さえないのに、雲のどこに居るのだろうとか、すべて皆一種の馬鹿馬鹿しい理窟であり、愚にもつかぬ駄趣向を弄して居る。今日小学校の児童に歌や自由詩を作らせると、彼等は好んで機智を弄し、この種の子供らしい趣向を韻文に工夫する。これ等の「古今集」の代表歌は、その着想の稚態において不思議に小学生の児童歌を聯想（れんそう）させる、しかも小学生の無邪気さがなく、芸術意識で優雅ぶって居るのであるから、童謡としての稚拙を買う価値すらない。これが日本歌史の伝統的権威であり、古来歌の聖典と呼ばれて居る「古今集」の代表歌と言うに至っては、真に唖然（あぜん）たるを得ないのである。

前に「奈良朝歌風と平安朝歌風」の章において、「古今集」以後の歌風が趣向を重んじ、技巧的構成主義の新美学に拠ることを述べておいた。そしてこれが詩学意識の一進歩であることも説いておいた。しかるにこうした「古今集」の歌を見ると、彼等の所謂趣向が全く低劣幼稚であって、ほとんど芸術前派の曚昧（もうまい）に過ぎないことを知るのである。これでは正に事実上の退歩であり、自然発生主義の名歌集たる「万葉集」とは、到底同日の比較にならない。しかもこれ等の乳臭的（にゅうしゅうてき）趣向を除いて、他に何の特色が「古今集」に残るであろうか、爾（しかり）他の歌について見れば、ことごとく皆微温的な凡庸常識歌にすぎないのだ。即ち高潮的な情熱もなく、奇矯な鬼才的の技巧もなく、中庸平凡の微温的詩情で作った、典型的常識人の常識歌を編集して居る。

これを個人的の作家に見ても、「古今集」は正に常識歌人の集団である。特に紀貫之と小野小町は、常識紳士と常識淑女の一対であり、「古今集」の特色を最もよく代表して居る。彼等の歌には何等の激越な情熱もなく、さればと言って奇警な技巧的鬼才もない。ただ生ぬるい詩情によって、平明純雅な詩想を穏健に歌って居る。そして「古今集」の標語たる「平明純雅」は、それ自ら「凡庸常識」と言うことに外ならないのだ。しかも思うに、「古今集」が長く歌壇に聖典視された所以(ゆえん)の者は、後世の喪心した歌人輩や、別して徳川時代の平明歌人、あるいは宮内省御歌所(おうたどころ)の儀礼的歌人——彼等はすべて真の詩的情熱を失って居る俗物である——に、その常識歌風が最も好ましく向いた為であるだろう。

かく検閲して来れば、「古今集」の価値は標準以下と言わねばならぬ。もちろん上古の「万葉集」とは比較にならず、後世の芸術的に洗煉された「新古今集」にも遥か劣って居る。もっと辛辣に批判すれば、万葉及び八代勅撰集の一切を含めた中で、「古今集」が一番駄目な歌集であるか知れない。駄目と言う意味は、詩歌の本質である尖端的の刺(し)戟(げき)がなくして、却って散文の特色たる平明雅純を主脈にした、中庸的の生ぬるい似而非(えせ)韻文であるからだ。詩が散文と異なる長所は、その尖鋭的な強烈な刺戟に存するのだから、詩にしてその特色が無かったら取柄はない。刺戟のない歌集、中庸穏和の催眠的歌集と言う点で、「古今集」は確かに代表的の名歌集(?)であろう。おそらくすべての読者は、かつて誰れも一度はこの有名な古典を手にし、日本文学史が最高の頌辞(しょうじ)を捧げる名著について、何等かの発見を学ぼうとする好奇心を抱いたであろう。しかもほとんどすべての読者は、最初の二、三頁をさえ読まない中に、無刺戟と退屈から書物を投げ出してしまったであろう。そして爾後ずっと長い間、諸君は再度この歌集を手に取らなかった。

　しかしながら「古今集」は、しかく全然退屈千万の歌集であろうか。今一度念のために、吾人はこの絶望した歌集を手にし、既に投げ出した本を拾って見よう。しかし今度は前のように、巻頭から順を追って読んで行かず、本の真中頃をばら読みに開いて見よう。そこには丁度「恋の部」があり、総数五巻三百六十首の恋愛歌が載せられてある。この恋愛歌を見よ！　不思議にこの部門の歌だけは、生き生きとした強い情熱を以て歌われている。すくなくともそこには童謡的の乳臭がなく、悪趣向の愚理窟がなく、そして常識的の生ぬるい低迷がない。さすがに宮廷官吏の範疇たる常識的紳士人の古今歌人も、ここでは赤裸々の心緒を叫び、真の高調した人間的情熱を歌って居る。即ち「古今集」を読んでここに至り、始めて漸く詩としての刺戟を感ずるのである。換言すればこの恋愛の部門だけが、「古今集」全一巻の生命であり、その特殊な優美なスタイルと相俟って、万葉以来の新しい詩的価値を創造して居る。「古今集」全巻のあらゆる駄劣は、ただこの部門でのみ相殺することが出来るであろう。

何故に「古今集」では、独り恋愛歌のみがこうした生彩を持つのだろうか。その理由は前章(「奈良朝歌風と平安朝歌風」)で説いた所で、単に「古今集」のみの現象でなく、爾後六代集を経て「新古今集」等に至るまで、実に宮廷歌人の歌集全体に通ずる所である。しかも特にそれらの中で、「古今集」は最もこの点を特記さるべき歌集である。何故なら他の「新古今集」等の歌集においては、恋歌以外の一般風物歌や雑歌中にも、比較的見るべき秀歌名吟がすくなくないのに、「古今集」に至っては極端であり、恋歌以外ほとんど全く見るべき歌がないからである。そのたまたま取るべき作も、万葉、新古今等の秀歌に比して、確かに地位一等を譲って居る。所詮この集における大部の歌は、他に比して二段の価値にしか買えないのだ。

故に要するに「古今集」は、日本三大歌集の中で最も下位の歌集である。ただそれが奈良朝以来の新歌風を創造し、爾後の連綿たる亜流を率いて、長く千載の規範を垂れた一事でのみ、正に「万葉集」と相対さるべき権威であろう。

※徳川末期の歌人香川景樹(かがわかげき)は、「古今集」を讃賞して「自然の花」と称して居る。今日の吾人の常識から見て、この評語は当然「万葉集」に与えらるべき筈(はず)であって、「古今集」に言うのは甚だ奇妙に感じられる。だが景樹の言う意味の「自然」の語が、原始

の素材直情を意味するのでなく、スラスラとして奇巧のない、平明穏雅を指してることを知るべきである。そしてこの平明穏雅は、景樹の歌論のモットオとする所であった。彼は日常生活の茶飯事を材に取り入れ、全体に歌を調子の低い散文的の者に低下させた。その理想が「古今集」にあったのは自然である。

六代集と歌道盛衰史概観

文明及び芸術の変遷は、一つの浪から一つの浪へと、波動を画いて周期的の盛衰をするものである。

日本における歌の歴史は、遠く記紀神代の国初に始まり、次第に興隆して上古に至り、遂に藤原朝、奈良朝に至って最高潮の盛期に達した。これ即ち「万葉集」の時代であって、幾多の天才一時に輩出した日本和歌史の第一黄金時代である。しかるにこの峠を過ぎて、奈良朝以後歌は次第に衰頽(すいたい)して来た。その衰頽したという意味は、文化の潮流がこれと別途の道に走り、一般がそれと関心しなくなった事である。こうした時代において、秀才は他の方面にその芸術的熱情を傾注する故に、自然に忘られた世界は廃跡となり、人物もなく活動もない沈滞空疎(くうそ)の低落に沈んでしまう。奈良朝以後歴史は外国文学(漢文学)の全盛期となり、国粋の和歌は卑しまれて次第に衰頽凋落(ちょうらく)して来た。そして衰運の究極する時代の谷間に、有名な「古今集」が勅撰によって編纂された。「古今集」

は実にこの時潮に憤慨し、廃れた歌道を上古の盛運にもどそうとして、低落の谷間から発奮した反動の歌集であった。

この「古今集」の反動思潮は、果して異常なる文化的センセイションを喚び起した。一旦衰頽した歌道の浪は、これによって再度また新しい興隆をし、次第に平安朝全期を通じて上昇しつつ、最後に鎌倉時代の初頭に至って絶頂の最高点に到達した。この全盛期は、日本和歌史における第二の黄金時代であって、遠く谷を距てて第一黄金時代の奈良朝と峯を並べる。そしてこの第二黄金時代の代表歌集は、即ち鎌倉期の勅撰たる「新古今集」である。故に「新古今集」と「万葉集」とは、日本歌史の全盛期を代表する二つの浪の峠であり、そしてこの両者の併立する谷の凹地に、中間の衰頽期を代表する「古今集」がうずまって居る。「古今集」は当時としての反動思潮で、一代の抱負と気概を以て編纂された者ではあるが、所詮荒廃した凋落期の選華である故、これを満開全盛期の精華選たる他の二歌集に比し、選集としての価値が貧しく劣るのは当然である。

「新古今集」によって熟爛の最高頂に達した歌道は、皇室の没落と共に衰頽し、再度また峠を下って下行し始めた。しかも非常な加速度を以て凋落し、爾後鎌倉、室町、徳川の全武家時代を通じて衰え、ほとんど全く廃滅に帰した観があった。しかも徳川末期に至って、漸く興った革命的復古主義の気運に乗じ、始めて復活の新しい萌芽を生じ、遂に明治現代に入って三度また黄金時代の興隆をした。しかしこれ等の歴史的概説はここに止め、本題の六代集について簡単に解説しよう。

「万葉集」から「古今集」に至るまで約一世紀半、「古今集」から「新古今集」に至るまで約三世紀、ほとんど三百年に近い時程がある。この長い時日の間に、平安朝の歌人は何をして居たのであろうか。「古今集」によって始めて勇気と新生命を得た彼等は、その後約五十年にして「後撰和歌集」を編纂した。次いで「拾遺集」、「後拾遺集」、「金葉集」、「詞花集」、「千載集」等の勅撰歌集を、ほぼ約五十年ごとに編纂刊行した。これ即ち所謂六代集であって、これに初代の「古今集」と、最後の「新古今集」とを加えて、日本和歌史の総決算たる八代勅撰歌集の全目録を完成する。故に要するに六代歌集は、「古今集」から「新古今集」に至るまで、約三百年間の中間里程を示す道標である。しかもその出発は、歌道衰頽の凹所たる「古今集」に始まり、歌道全盛の山頂たる「新古今集」に到達して居る。したがって六代集の道程は、谷の低所から山の高所へ登る坂道であり、自然にまたその選集価値も、後期の者になるほど高まって来る。即ち「後撰集」最も平凡無価値であり、拾遺、後拾遺等やや優り、金葉、詞花、千載の順に生彩を発揮し来って、最後に「新古今集」に至って絶頂に到達する。

前に他の論章に述べた如く、平安朝歌風の美学たる技巧的構成主義は、「古今集」において始めて萌芽を胚子したとはいえ、反省的にも創作的にも、なお極めて未熟不徹底の者に過ぎなかった。しかるに「後撰集」以後の歌壇になると、これが次第に意識上に判然とされ、創作上にも徹底した構成主義を掲げて来る。即ち万葉風な自然発生的素朴の態度は、次第に歌壇の美意識から追い斥けられ、代るに意匠的、技巧的、主智主義的な態度による歌風がはっきりして来る。そしてこの新美学の根拠の上に、彼等の不断の勉強たる「歌合」や「題詠」が課せられて居た。もちろんこうした題詠や歌合やは、上古の万葉時代には絶対に無いことだった。万葉の歌は自然発生の実情実詠主義に拠っている故に、題によって歌を課し、空想と趣向によって詩を構成すると言う如きは、到底行われない虚妄であった。

しかるにこの題詠や歌合やが、「古今集」以後の歌壇では普通になり、人々は争ってその競詠に力を尽した。（ただし初期の「古今集」時代にあっては、ほとんど未だそれが無かった。「古今集」は半ばなお実情実詠主義である。）こうした歌壇的競技の結果、人々は次第にその新美学たる技巧的構成主義の秘訣を会得し、遂に平安朝歌風のユニイクな美と芸術を完成するに至ったのである。勿論こうした自覚的発展の途中において、初期「古今集」における未発達の低迷詩学や、童謡稚態に類する愚趣向、愚理窟の似而非技巧主義一切が廃棄された。今や六代集時代の歌壇は、より自覚した高級の理解に立って、より芸術的なる真の美的趣向、真の美的技巧の何物たるかを会得して来た。彼等は六代二百数十年の推移を通じて、「古今集」から一大飛躍をしたのである。

しかしながら後撰以下の六代歌集は、個々の単本として欠陥の多い歌集である。かつ選集として時代を劃するほどの特色もなく、到底単独にして注目すべき価値を持たない。畢竟これ等の六代歌集は、全体的に総括して「古今から新古今へ」の、歌壇的推移を示す過渡期の橋梁と見る外はない。ただこの期間の作物に注意すべきは、その漸進的なる技巧の著しい発達と、わけても特に音律の聴覚美における彫琢苦心の発達である。この時代の歌壇意識が、如何に歌の韻律美に重きを置き、音楽を特に重視したかは、当時の歌集の選者等が選に際して、その多くの予選歌を人に朗吟させつつ、静かに黙坐して声調の美醜を判じ、これによって採否を決定したと言われるによっても明らかである。(故に編者は、この部門の選歌において、特別に韻律の分解註釈を詳しくした。)

最後になお六代集で注意すべきは、この期間において多くの特色ある才媛歌人、即ち例えば相模、和泉式部、馬内侍、赤染衛門等が漸次に輩出したことである。

「新古今集」について

「新古今集」と「万葉集」とは、種々の意味において興味の深い対象である。第一に先ず、「万葉集」は一つの完成した歌集であり、「新古今集」もまた、一つの完成した歌集である。

「万葉集」について言えば、「万葉集」はもとより素朴純真の芸術であり、自然発生主義の美学に立って表現して居る。けれどもここに素朴と言うこと、自然発生と言うことは、芸術の発生する態度について言われるので、もちろん表現上の未熟や稚拙を意味するのでない。所詮芸術は——どんな態度の芸術でも——表現と称する技術なしに有り得ないし、かつそれがまた価値の一切である故に、「万葉集」の天才なくして、「万葉集」の特異な名歌は無いわけである。そして実に、ここには一代の天才が雲の如く集って居た。例えば即ち、人麿、赤人、憶良、旅人等々であり、いずれも芸術的才能の千古に卓絶した名人等である。すべて彼等は、人間情緒の自然的な発動を歌に作り、純一素朴な態度によって端的に表現した。しかもその表現は言々適切、名人の技巧によって芸術的完美の極を尽した傑作である。何人といえども、こうした態度でこうした歌を作る限り、到底人麿や赤人の天才に及び得ない。即ち言えば自然発生主義の歌は、「万葉集」によって全く完成されてしまったのである。

それ故に爾後の歌壇は、ここにその美学の根柢を一変して、全く新しい別の出発点からスタートせねばならなかった。これ即ち「古今集」以後の平安朝歌壇であって、彼等は万葉の自然発生主義を廃し、代るに趣向や空想による技巧的構成主義の美学を選んだ。そしてこの新歌風は、「古今集」以後六代集を経て、次第に上昇的に発達して行き、遂に「新古今集」に至って芸術的爛熟の極致に達した。実に「新古今集」は、技巧的構成主義の歌が到達し得た極地であり、平安朝歌壇三百年の修養を総決算した、最後の帳尻の成果である。すべて最初の「古今集」に胚子され、しかも「古今集」において完成されなかった未熟の者、「古今集」において暗示されつつ、しかし「古今集」において創造されなかった新種の者が、ここで始めて充分の発育を遂げ、万葉以後の新しい技巧的歌風を完成した。単に作歌の上のみでなく、美学意識の上においてもそうであった。即ち貫之等の「古今集序」に示した如き、半ばなお自然発生主義的で曖昧不徹底なる美学意識は、「新古今集」に至って自覚的に反省され、定家等の徹底明白なる技巧的構成主義の主張となっている。

それ故に「万葉集」と「新古今集」とは、日本の歌史を両断する二つの対蹠的（たいせきてき）芸術である。それは各々の背馳（はいち）する別の立場で、各々の対蹠する別の芸術を成熟させている。一方で「万葉集」は、荘重剛健な建築美を大成し、一方で「新古今集」は、繊麗巧緻な織物美を完成した。前者は直情主義で素朴自然、後者は技巧主義で意匠婉曲。そして要するに「万葉集」は、歌における男性美の典型的完成であり、「新古今集」は女性美の洗煉した極致である。（故にまた、「万葉集」の代表的歌人が男性であり、「新古今集」の主題的歌人が女流であることに注意せよ。）

「万葉集」と「新古今集」とは、かくの如く二つの矛盾した対蹠であるが、共にその独自の道を行き尽した、両極的「完成の歌集」として一致して居る。（この点かの中途半端の「古今集」は、確かに「未完成の歌集」と言うべきである。）のみならずまた二つの歌集は、芸術のある本質的な特色で符合して居る。即ち「万葉集」と「新古今集」とは、古典中での最も情熱的な歌集であり、共に緊張した詩情によって、ある調子の高い抒情詩を歌って居る。もちろんその詩操や情熱は、万葉において甚だしく男性的爆発性で、新古今において甚だしく女性的沈鬱性であるとは言え、その歌としての調子が高く、情熱の吐息が深いことは一である。実に「新古今集」の特色は、その繊麗な技巧主義の内部において、純真な詩的精神を強く掲げて居る所にある。そして実にまた、これが「新古今集」の芸術的生命なのだ。

ではそもそも、「新古今集」におけるこの詩的精神の高潮はどこから来たのか。言うまでもなく芸術は、すべて皆作者の生活の反映であり、そして個々の作者の生活は、彼等の住む時代と環境によって決定される。しかるに「新古今集」が勅撰され、彼等の一群の歌人が生きた時代は、日本歴史における一大政変の時代であって、正に詩的情熱の最も高潮した時代であった。即ち平安朝藤原氏の全盛は既に過ぎて、新興階級たる武家が新たに勢力を勃興して来た。彼等はその暴力と権威によって、昨日の文化人たる公卿を駆逐し、政権一切をその掌中に掠奪した。今や平家亡びて源氏興り、遂に頼朝の鎌倉幕府が、武家政治の覇業を建ててしまったのである。

かくて「新古今集」の世に出る頃は、藤原氏以来の貴族は全く勢力を失脚し、新興階級たる武家の圧制的支配に屈辱して居た。昨日は禁裡の庭に曲水風流の遊を尽し、管絃の楽に長閑の夢を送った彼等も、今やその美しい文化と共に、果敢なく没落せねばならないのだ。さすが長袖無為の殿上人等も、ここに至って自己の悲境を痛感し、鬱憤悩悶せざるを得なかったろう。しかも「新古今集」に集る一群の歌人たちは、実にこの没落階級の人々であり、平安朝盛時の夢を持ち越した逆境の貴族であった。

こうした時代、こうした環境に住む彼等の心緒に、どういう詩情が鬱積したかは、想像するにかたくない。あるいは時に後鳥羽上皇(「新古今集」の勅撰監督者)の如く、密かに鬱憤の情を忍びながら、後日の王権回復を企画して居た気概家もあったであろう。だが現実に面した多感の思は、勢い厭世的に傾かざるを得なかった。彼等のある者は世を厭って、西行の如く出家遁世を試みた。しかし他の多くの者は、なお凋落の宮廷生活に執着して、どうにもならない運命を悲しみながら、故意に意識した耽美生活の中に逃避して居た。

この絶望的な厭世観と耽美主義と、これが実に「新古今集」全巻を貫く主題である。その遁世思想の代表者は、西行、寂蓮等の歌人であり、その耽美主義の代表者は、定家、俊成、良経等の歌人であった。彼等はその耽美主義から、技巧の華麗を尽した「新古今集」一流の歌風を作った。しかもそうした耽美主義は、内に暗黒な悩みを持ち、没落階級の自覚した厭世観を持っていることからして、本質において西行等の詩境と固く共通一致して居た。それは外観の絢爛と華麗に反映して、本質的には益々暗く悩ましい哀調を感じさせる。一言にして言えば新古今の歌は、華やかにして悩ましく、技巧的であって哀傷深く、耽美的であって厭世の影が濃い。それは頽廃的の芸術であり、どこか化粧された屍骸の臭気を感じさせる。

ここに「古今集」を対照して見よ。「古今集」は平安朝全盛期の歌集であり、太平の栄華に酔った一門の殿上人等が、心に何の屈托もなく、悠々長閑日を詠じた楽天的の歌集である。同じくその歌趣は宮中的の耽美主義で、等しく花鳥風月の詩材を詠んでいるとはいえ、「古今集」と「新古今集」とでは、これに対する主観の態度が著しく異って居る。例えば「古今集」の代表歌「山かくす霞ぞ春はうらめしき何れ都の境なるらむ」と、「新古今集」の歌「幾年の春に心を尽し来ぬ哀れと思へ三吉野の花」を比較せよ。あるいはまた同じ「古今集」の代表歌「久方の光長閑（のど）けき春の日にしづ心なく花の散るらむ」と、「新古今集」の才媛式子内親王（しきしないしんのう）の歌「はかなくて過ぎにし方を数ふれば花に物思ふ春ぞ経にける」等を比較せよ。両者共に同じ題材、同じ春の陽光を歌って居ながら、前者の「古今集」が如何にも屈托のない楽天主義で、平和な大宮人（おおみやびと）の閑日月（かんじつげつ）を歌うに反し、後者の「新古今集」は哀傷深く、病める美人の歔欷（きょき）する如き暗愁を帯びているのである。音楽で比喩を言えば、ここには丁度長音階（メージャー）と短音階（マイナー）の著しい相違がある。

「新古今集」のこうした歌は、もちろん一作者の個人的な生活感を、個人的な一主観で歌った者に外ならない。けれども芸術においては、個人の主観がそれ自ら社会の反映である故に、ここに現われている式子内親王等の感傷は、同時にまた彼等没落階級全体の悲哀を象徴して居る。その散り行く花に青春の過ぎるを惜しみ、綿々として暮春の恨（うらみ）

を訴える哀傷は、実にその凋落の運命を悲しみつつ、過去の栄華を忍ぶ貴族一般の情操でなければならぬ。平安朝以来三百年、藤原氏全盛の栄華と共に栄えた王朝文化は、実にこの「新古今集」を最後として亡びてしまった。「新古今集」は王朝文化最後の花で、貴族殿上人等が没落した、末期の忘れ形見の死化粧である。彼等はこの一巻の歌集を抱いて、武家政治の暴力に蹂躙され、果敢なく落花の泥土に埋れてしまった。

「新古今集」と「万葉集」とは、この点でもまた興味あるコントラストでなければならぬ。「万葉集」は興国創業の新日本が、正に外国と交通して文化を広め、人心刺戟を求めて溌剌として居た、洋々たる黎明時代の歌集である。ここに現われている情操は、新興民族の若々しい情熱であり、意志と、力と、憧憬との飛躍であった。これに反して「新古今集」は、正に没落せんとする王朝文化が、落日の前に名残を止めた夕陽である。ここに集まる者は傷心の歌人等であり、厭世と、逃避と、追懐と、嘆息との、果敢ない美的詠嘆を尽して慰めて居る。一方は旭日の正に登ろうとする曙光の美で、一方は夕陽の正に沈もうとする晩霞の美である。そして共に高く日本歌史上に双絶して居る。

それ故にこの事実から、吾人は詩歌の盛衰について教えられる。一般に詩が隆盛を極めるのは、ある文化もしくは階級が新興して、若く新しい情熱が溌剌と躍動している時、もしくはまたその反対に、既にある階級や文化が爛熟して、正に地に落ちようとする前の世紀末的過渡期にある。つまり言えば詩が栄えるのは、時代の黎明期か転換期で、万物が正に流動変化して居る時刻である。太陽が正午に登り、時代が無為長閑の白昼に固定した時、詩の若々しい情熱は消えてしまい、代るに理智的の散文学が全盛して来る。そしてまた太陽が沈んでしまえば、世界は闇黒の夜に閉され、もちろんまた詩も他の一切と共に亡びてしまう。詩は白昼と闇黒との過渡期に栄え、夕陽に彩る西の空と、曙光に燃える東の空とを、常にその情感の背後に持っている。歌の歴史の周波律が、無為太平の「古今集」時代に沈衰し、「新古今集」に隆盛して以後、再度また沈衰したのもこの為である。「新古今集」以後の宮廷歌人は、もはや鬱憤もなく悲嘆もなく、さりとてニヒリスティックな耽美主義への逃避もなく、全く去勢された無神経の人間として、逆境の生活に順応しつつ、卑屈な平和を楽んで居た。彼等の時代は、既に落日の反映も消えてしまって、王朝文化が全く闇黒に沈んだのである。

かくの如く「新古今集」は、「万葉集」と並んで双絶であり、最も特色ある名歌集であるにかかわらず、古来一般に疎外視され、かつ最も悪評の多い歌集である。特に徳川時代の歌壇人等は、ほとんど定評的に新古今を以て邪道視して居る。その邪道視する所以のものは、これが奇巧粉飾の弄技に走って自然を失い、歌の本道を失って居ると言うのである。そしてこの非難は、「古今集」を以て「自然」とし、歌の規範すべき「本道」とする当時の歌壇定見を背後にして居る。だが今日の批判の見るところでは、却って逆に「古今集」の方が邪道であり、「新古今集」の方が詩歌の純真な正道であるか知れない。何故ならば「新古今集」は、その絢爛な技巧の影に、人間情緒の哀切なる実情を力強く訴えているから。これに反して「古今集」は、この感情の調子が遥かに低く、詩歌の本質的精神が稀薄である。

「万葉集」と「新古今集」とが、それぞれの対蹠的な立場において、各々の「完成した歌集」であること、したがって両者の中間にある「古今集」が、未熟な「未完成の歌集」であることは前に述べた。しかるに昔の歌人達は、却ってその中間性の故に「古今集」を崇敬した。即ち彼等の一般歌人は、「万葉集」を以て純朴露骨に過ぎるとし、「新古今集」を以て技巧粉飾に過ぎるとし、独りこれ等の中間にある「古今集」を、和歌の規範すべき中庸黄金の名歌集とした。そしてまたこの故に、「古今集」を「完成の歌集」と思惟したのである。けだし王朝文化没落以後、近世徳川期に至るまでの歌の歴史は、事実上において空無に等しい存在であった上、その歌人と称する輩は凡庸低劣、概ね真の詩的精神を喪失した類の人々であった故、彼等にとって中庸常識の「古今集」が愛好されたのは自然である。そして「古今集」が賞讃される反面には、常に必ず「新古今集」が邪道として軽蔑された。

かくて明治の時代に移り、王政復古と共に新しく興った若い歌壇は、当然の趨勢として「万葉集」に復帰して来た。彼等は「古今集」を擯斥(ひんせき)して、昨日の黄金歌集を溝水の中に叩き込んだ。そして同時に、もちろんまた「新古今集」をも賤辱(せんじょく)した。否、賤辱と言うべきよりは、むしろ最初から無視して居り、全然注意しようとさえしないのである。けだし「万葉集」の素朴自然と、実情実詠主義を以てモットオとする明治以来の新歌壇が、その対蹠的美学の典型たる「新古今集」を、異端以下の邪道として黙殺するのは自然であるが、この間常に不評な運命にある歌集に対して、著者は多少の芸術的同情を禁じ得ない。「新古今集」は過去において不遇であり、現代においてまた不遇であり、常にその秀れた実質的価値を認められて居ない。

しかしながら時潮は移り、現に既に歌壇の趨勢は変化して居る。やがて人々の頭脳は進化し、今の偏狭固陋(ころう)な稚見を捨てて、より自由な広い世界を包括する、真の正しい批判と鑑賞とを持つであろう。現に最近の歌壇においても、聡明にして識見に富む佐佐木信綱氏の如き覚者があり、世に先駆して早く「新古今集」の価値を認められている。おそらくはこの不遇な歌集が、実質の正価で買われる日も近いであろう。

補注

二〇頁(1)　**以上十二首は柿本人麿歌集に出て居る**　最後の二首(巻二・一三二、一三三)は、柿本人麻呂歌集の歌ではなく、柿本人麻呂作の歌。

四六頁(2)　**今か罷らむ**　「今は罷らむ」(原文「今者将罷」)。

四八頁(3)　**貧窮問答の長歌**　「老いにたる身に病を重ね、年を経て辛苦(たしな)み、また児等を思ふ歌七首　長一首　短六首」(巻五・八九七)とある長歌。

四八頁(4)　**長く連れそった糟糠(そうこう)の妻が死んだので、大伴旅人が嘆いた歌である**　山上憶良が、妻を亡くした大伴旅人に成り代わって詠んだ歌。

四九頁(5)　**以上五首、坂上郎女(さかのうえのいらつめ)の歌**　四首目の「世の中し」の歌は、坂上大嬢(さかのうえのだいじょう)の作。

五三頁(6) **人麿の作** 作者未詳の作。

六八頁(7) **容貌(みめ)ならぶ** 『古今和歌集』本文では「めならぶ」(目並ぶ)。

七三頁(8) **蕪村** 芭蕉の幻住庵滞在中の句。『あめ子』(之道編)等に掲載。

七五頁(9) **「万葉集」に出て居る光孝天皇の御製** 『万葉集』に光孝天皇の歌はない。

七八頁(10) **霜** 『古今和歌集』本文では「露」。

八七頁(11) **恋はば** 『古今和歌集』本文では「こひば」(恋ひば)。

一〇二頁(12) **知られて** 底本に接続助詞「て」は清音で示されているが、古来一般に「知られで」(知られずに)と解されている。

一〇四頁(13) **滝の音は** 『拾遺和歌集』本文では「滝の糸は」。「滝の音は」とするのは『千載和歌集』『百人一首』。

一〇五頁(14)　**あはれとも**　『拾遺和歌集』本文では「あはれとし」。

一一二頁(15)　**伊勢等と共に**　伊勢は「中古三十六歌仙」ではなく、「三十六歌仙」の一人。

一一四頁(16)　**天くだりけむ**　『和泉式部集』本文では「天くだりこむ」。

一一五頁(17)　**春の行方を**　『千載和歌集』本文では「春のとまりを」。

一三三頁(18)　**思ひ立ち**　『新古今和歌集』本文では「思ひ立つ」。

一四一頁(19)　**以上三首、共に紀貫之の作**　一首目の「わが思ひ」の歌は、忠義公藤原兼通の作(恋一・一〇〇七)。

一四八頁(20)　**以上五首、すべて西行の作である**　五首目の「山里に」の歌は慈円の作(雑中・一六七一)。

一五七頁(21)　**木の間**　『新古今和歌集』本文では「木の葉」。

(渡部泰明)

解説

渡部泰明

萩原朔太郎（一八八六―一九四二）の『恋愛名歌集』は、作者四十四歳の昭和六（一九三一）年五月十五日に、第一書房から刊行された。内容はすべて書きおろしである。冒頭に「序言」「解題一般」が置かれた後「万葉集」「古今集」「六代歌集」「新古今集」「総論」の各章で構成される。「万葉集」「古今集」「六代歌集」「新古今集」は、それぞれの歌集からの和歌の選抄から成り、一部の歌には評言が加えられている。「総論」は和歌の歴史の記述となっている。

「序言」では、和歌の価値が謳われている。歌は日本語として構成しうる最上の韻文である、これに比べれば、今の自由詩などは「行わけ散文」に過ぎない、詩には言語の魔力的な抑揚や節奏（リズム）、すなわち韻律が不可欠だが、現在の詩にはこれがないので、真の韻律的な詩的陶酔を求めるなら、伝統的な和歌を読むほかない、とまで言うのである。

たしかに朔太郎には、若い頃作歌の経験がある。『ソライロノハナ』という手製の自作歌集を、大正二(一九一三)年に作ってもいる。同年には、「古今新調」という題の十首を詠んでいるが、それらには和歌の影響が小さくない。和歌・短歌への関心は、初期のころから強かったようである。「序言」の後半では、新しい韻文形式が生まれる未来へと至る、いわば過渡期における空虚感から、過去の完成した美と芸術にあこがれているのだという思いが吐露されている。また「歌の精神を蹈み外して」いる今日の歌壇人に比べれば、歌を抒情詩として鑑賞する力はけっして劣らない、という自負も示されている。当時の詩壇・歌壇への反発が本書の底流にあるといってよいであろう。朔太郎は、大正十一―十二年に、歌壇への批判を著して激しい論争を巻き起こしており、この昭和六年にも、「歌壇に与ふ」という文章を発表している。時勢への意識は紛れないにしても、まるで和歌伝統の継承者であるかのような和歌礼賛である。朔太郎はなぜこうまで和歌にこだわるのだろうか。

和歌の伝統は長い。ほぼその形態が定まった七世紀の前半から江戸時代の終わりまでと考えても、千二百年を越える。そしてその後には近代短歌・現代短歌が続いている。では、和歌は詩としてどういう意味をもつだろう。古典として祭り上げるのではなく、現代を生きる詩としてその価値を問いかけた場合、それに十分な答えを与えることは容易ではない。萩原朔太郎『恋愛名歌集』は、日本近代詩の父とも言われる詩人が、彼が生きる時代における古典和歌の価値を、明快に示した書であると言える。その意味で、和歌・詩歌に関心を持つ人間のみではなく、古典文学の現代的意義とは何かという問題意識を持つ人間にとっても、きわめて注目に値する書である。

以下、各章に即して内容を見ていく。

万葉集

朔太郎の『万葉集』への関心は高い。後の章の「総論(「万葉集」について)」では、「国史上無比の黄金歌集」であるとともに「今日現代の読者にとって、鑑賞的にも批判的にも、最も興味の多い歌集」であり「一の現代的歌集」である、と述べている。その『万葉集』は現存最古の歌集であるが、誰が、いつ、どのように編纂したのか、不明な点が多い。おおよそ奈良時代の末頃には成立し、大伴家持(おおとものやかもち)がそれに関与していると言われている。全二十巻、四千五百余りの歌から成るが、短歌のほか、長歌・旋頭歌(せどうか)などの形式があり、漢詩文も含まれている。「万葉集」の章では、『万葉集』の短歌形式の歌のみ百八十首が選ばれている。これらでまず目立つのは、作者未詳歌の多さである。作者が明確に示されていない歌が四割強に及ぶ。配列は、『万葉集』の掲載順でもないし、巻ごとにまとめているともいえないが、歌人やテーマが共通する歌をある程度群にしているとはいえそうで、連想の赴くままに歌を想起している、といった体である。

なお本書に引用された和歌の本文には、通行のものと違っている場合が少なくない。意図的な改変もあるが、たんなる勘違いや粗忽な誤りもある。とくに『万葉集』歌の引用に甚だしい。ただし『万葉集』は本文自体に複雑な問題が存在し、そのような本文に触れていた可能性も否定しきれないので、ここでは明らかな誤りと見られるもののみを補注で示した。『古今集』以下の勅撰集・私家集では、とくに気になる異同を示した。

タイトルにあるように恋歌が中心だが、またそれ以外の歌も「編外秀歌」として選ばれている。ひとまず、恋歌の中で、とくに高い評価を与えられている歌を見てみよう。

天地(あめつち)にすこし至らぬ丈夫(ますらを)と思ひし吾や雄心(をごころ)もなき

(三一頁、巻十二・二八七五・作者未詳)

久方の天つみ空に照れる日の失(う)せなむ日こそわが恋ひ止(や)まめ

(三一頁、巻十二・三〇〇四・作者未詳)

ともに作者未詳歌である。両首合わせて「万葉恋歌中の双璧として知られて居る」という。たしかにこの両首は、現在でこそあまり注目されない歌だが、朔太郎も評価していた佐佐木信綱の『増訂万葉集選釈』(明治書院、一九二六年、初版一九一六年)にも選び入れられている。前者については、おそらくは武人の作で、「武勇と恋愛とが生活の両面の楯であった」当時の日本の武士道を表しているとしつつ、さらに三首の類歌を挙げている。後者には「いかにも男性的で雄大である」という。満州事変が始まり、翌年には五・一五事件が勃発する、この昭和六年という年を想起させるものがある。「総論(「万葉集」について)」における、「万葉時代の日本人のみ、興国新進の元気によって雄大な世界的気宇を抱いて居た」との発言にも対応している。

また、

敷島の日本(やまと)の国に人二人ありとし思はば何か嘆かむ

(三三一頁、巻十三・三二四九・作者未詳)

の歌も、「世界の中にただ二人、君と我とが愛し合ってる。人生の憂苦何するものぞ。我等なお戦わん!」と解している。第三、四句は「あなたのような方が二人いると思えるなら」など訳されるのが普通だが、やはり勇壮な歌として味わいたいのであろう。こ

の朔太郎の解釈に従えば、

人もなき国もあらぬか吾妹子（わぎもこ）と携へ行きて副（たぐ）ひて居らむ

（四九頁、巻四・七二八・大伴家持）

の一首を選んでいるのも、「国」を持ち出す点で通じるものがある。こちらは「万葉恋歌中の一名歌である」と評している。これらには、時代の空気を迎え入れようとする意志もある一方で、高く、遠く、はるかな存在を想像し、求めようとする心性とつながっている。

「久方の」の歌の第三句「照れる日の」は、当時「照日之」という西本願寺本等の本文に拠ってこのように訓読していたようだが、現在は「照月之」という古写本（元暦校本等の次点本）の本文を採用して「てる月の」と訓むのが一般的である。「月」であったら「男性的で雄大」とまで言ったかどうかはさておき、日月が失せない限りこの恋は止まないという、高揚した恋情が表出されていることは確かである。ただしただ男性的ということだけで割り切って理解してよいかは問題である。天地の果てへの思いが底にあると思われる。この歌の直後に掲出しているのは、

思ひ出でて術なき時は天雲の奥所も知らに恋ひつつぞ居る

（三二頁、巻十二・三〇三〇・作者未詳）

という、同じく作者のわからない歌である。とくにコメントは付されていないが、やはり天雲のように果ても知らず恋しく思うと、天空への思いが含まれていることを確認しておきたい。この歌は、後文の「古今集」の「大空は」（七一頁）で再び引用されている（後述）。

そしてまた、「新古今集」の方で、

遥かなる岩のはざまに独り居て人目思はで物おもはばや

（一二五頁、恋二・一〇九九・西行）

の歌が選ばれているが、国の語はないとはいえ、重なるものがあるであろう。そしてこの西行の歌への評で「大空は」（七一頁）を引用しているので、この古今集歌ともつながるものを感じている。このあたりに本書全体につながる選歌方針の一端をうかがうことができそうである。

古今集

朔太郎の『古今和歌集』への評価は手厳しい。「総論（「古今集」について）」では、「過去千余年の歴史を通じて、歌壇の神聖なオーソリチイであった」ことは認めつつも——というより権威ある存在だったからこその攻撃であろう——、「詩歌の本質である尖端的の刺戟がなくして、却って散文の特色たる平明雅純を主脈にした、中庸的の生ぬるい似而非韻文である」という。しかし恋愛歌だけは「真の高調した人間的情熱を歌って居る」と注目する。『古今和歌集』は、延喜五（九〇五）年に、紀友則・紀貫之・凡河内躬恒・壬生忠岑の四人の撰者によって醍醐天皇に奏覧（奉勅説あり）された最初の勅撰和歌集で、総歌数千百首余りを収める。その『古今和歌集』からは、九十七首が選出されている。まず気づくのは、よみ人しらずの歌の多さである。半数以上の五十二首が選ばれている。およそ五四パーセントである。『古今和歌集』本体におけるよみ人しらず歌の割合は四割程度だから、その比率を超えて選んでいることになる。『万葉集』でも作者未詳歌は尊重されていたが、それ以上に価値を見出されているといえる。

なかでも評価されているのは、次の二首である。

大空は恋しき人の形見かは物思ふごとに眺めらるらむ

（七一頁、七四三・酒井人真）

ゆふぐれは雲の旗手（はたて）に物ぞ思ふ天つ空なる人を恋ふとて

（八五頁、四八四・よみ人しらず）

前者については、「縹渺たる格調の音楽と融合して、よく思慕の情操を尽して居る」といい、後者に対しては、「恋愛のこうした情緒を歌った詩として、この一首の歌は最も完全に成功して居る」という。この二首のどこに良さを認めているのだろうか。前者には、「恋は心の郷愁であり、思慕（エロス）のやる瀬ない憧憬（あこがれ）である。それ故に恋する心は、常に大空を見て思（おもい）を寄せ、時間と空間の無窮の涯（はて）に、情緒の嘆息する故郷を慕う。恋の本質はそれ自ら抒情詩であり、プラトンの実在（イデヤ）を慕う哲学である」といい、後者には「恋する者は哲学者で、時間と空間の無限の涯（はて）に、魂の求める実在のイデヤを呼びかけてる」と、相似た言葉で絶賛している。無限の遠くに存在するイデアへの憧れを表現している点に求めている。その遠さを表現するのに、「空」や「雲」はふさわしいようだ。

すでに「万葉集」でも取り上げた、「思ひ出でて術（すべ）なき時は」（三二頁）がここでも挙げられているし、また、

わが恋はむなしき空に満ちぬらし思ひやれども行く方もなし
（八七頁、四八八・よみ人しらず）

も「秀逸」とされている。また、

天雲(あまぐも)のよそにも人はなり行くかさすがに目には見ゆるものゆゑ
（六三頁、七八四・紀有常女）

の歌や、その返歌である、

行きかへり空にのみして経(ふ)ることは我が居る山の風はやみなり
（九一頁、七八五・在原業平）

も選出されている。すなわち、イデアへの憧憬とは、「哲学」と呼ばれてはいるものの、空漠とした捉えがたさを前提としたものであるらしい。それは多く「縹渺」という語で表されている。

東雲(しののめ)のほがらほがらと明け行けば己(おの)がきぬぎぬなるぞ悲しき
（八二頁、六三七・よみ人しらず）

は、「音律に一首の縹渺たる象徴味がある」と述べており、

ほのぼのと明石の浦の朝霧に島がくれ行く船をしぞ思ふ

（九五頁、羇旅・四〇九・よみ人しらず）

にも「如何にも縹渺たる伸びやかな思いがする」といっている。空間だけではなく、時間的なはるけさでもいいのであって、

我れ見ても久しくなりぬ住吉（すみのえ）の岸の姫松いく代経ぬらむ

（九四頁、雑上・九〇五・よみ人しらず）

でも、「全体に一種の神韻が縹渺として」といっている。意味や映像の曖昧さ、輪郭の不明確さに、「象徴」や「余情」の名を与えている。

その意味で、もっとも『古今和歌集』の恋歌の機微を言い当てつつ、朔太郎なりの和歌観に引き寄せているのが、「妹」「人」などの呼称の問題である。

忘れ草なにをか種と思ひしは情（つれ）なき人の心なりけり

（六四頁、八〇二・素性）

について、歌そのものは「比較的率直に恋の真情を歌っている」と評価する程度だが、付属の「備考」で長く論じている。『万葉集』で愛人を呼ぶときに用いられた妹(いも)・背(せ)・君のうち妹・背は『古今集』以後はもっぱら「人」の語が用いられるようになった、それは「具体的の恋愛歌から、より象徴的な恋愛歌へと、情操が展開して来た」ためであり、そうなると「語の外延が極めて広く漠然として来るので、意味が具体的でなく朦朧(もうろう)とし、どこかに象徴的な余情をさえ含蓄してくる」ようになった、と見通している。二人称の呼びかけの語がなくなり、『万葉集』では他人を指した「人」が、もっぱら相手を指すこととなった、という。もちろん『万葉集』の歌にも恋しく思う相手を指す「人」はあるし、『古今和歌集』以後の恋歌にも、他者や一般的な人のみを指し示す「人」の用例は少なくない。だが、大局としてこの指摘は正しい。たしかにこの呼称の変化は目立つものである。そして時代が進むとともに象徴性を強めていくという朔太郎の和歌史観の提示としても、わかりやすい例になっている。

　そのことは撰者たちの歌の扱いにも端的に表れている。『古今和歌集』の四人の撰者、紀友則四首、紀貫之三首、凡河内躬恒三首、壬生忠岑四首の計十四首が選ばれており、これは総選出歌の一四パーセントほどにとどまる。実際の『古今和歌集』では、計二百四十四首二二パーセントだから、比較的抑えられていることがわかる。その理由は明らかである。知的操作がうかがわれ、理屈で割り切れてしまうような和歌を、詩情に乏しいとして朔太郎は評価しないからである。なかでも『古今和歌集』の一割近い歌を占める、紀貫之に対しては辛辣である。歌学者として傑出していることは認めつつも、その資質ゆえに「熱のない稀薄の詩情で、美学概論の規範するポエジイを構成し、詩美の一般的様式を創ろうとして乱作した」という。しかしまた、後世柿本人麻呂と併称されるほど高く評価されたともいう。朔太郎固有の「詩情」という評価軸をひとまずおけば、こうした貫之観は、すでに中世の初頭からあった。藤原定家『近代秀歌』は、「昔貫之、歌の心巧みに、たけ及び難く、言葉強く姿面白きさまを好みて、余情妖艶の体を詠まず。それよりこのかた、その流れを受くるともがら、ひとへにこの姿におもむく」と述べている。知巧的で輪郭鮮明だが余情深くはなかった、しかし後世の歌人には長く影響を与えた、と評している。朔太郎は定家の和歌には批判的だが、「詩学者」としては敬意を表しており、定家流の批評方法を取り入れたのかもしれない。

一方本書で選ばれた貫之の歌は、次の三首である。

時鳥ひと松山に鳴くなれば我れうちつけに恋まさりけり　（六三頁、一六二）
山桜霞のまより仄かにも見てし人こそ恋しかりけれ　（八〇頁、四七九）

秋の野に乱れて咲ける花の色のちぐさに物を思ふ頃かな　（八一頁、五八三）

夏春秋の代表的な風景が描写され、それと心情との融合度の高い歌といえよう。もう一つ注意したいのは、その場合の心情が、それぞれ「うちつけに」（一六二）「乱れて」（五八三）などの語に表れているように、自分でもよくわからない、抑えがたい心の動きとなっていることである。二番目の山桜の歌も、「仄かに」見たに過ぎないのに恋しいと、不可解にも湧き上がってくる自分の恋情を歌っていて、やはり同様だといえよう。縹渺と呼ばれている表現に通じるものがあるだろう。

六代歌集

「六代歌集」は、『古今和歌集』から『新古今和歌集』の中間に成った六つの勅撰集からの抜粋である。『後撰和歌集』（村上天皇が天暦五（九五一）年に下命。撰者は、大中臣能宣・清原元輔・源順・紀時文・坂上望城。成立年不明）、『拾遺和歌集』（成立事情不明。花山院が自ら選んだか。寛弘二（一〇〇五）年から四年までの間に成立するか）、『後拾遺和歌集』（白河天皇が下命。撰者は藤原通俊で、応徳三（一〇八六）年の成立）、『金葉和歌集』（白河上皇が下命、撰者は源俊頼。大治元(一一二六)―二年頃成立)、『詞花和歌集』(崇徳上皇下命、撰者は藤原顕輔。仁平元(一一五一)年成立)、『千載和歌集』(後白河院下命、撰者は藤原俊成。文治四(一一八八)年成立)の六集である。順に、八首、十一首、五首、三首、七首、五首が選ばれていて、この歌数は本文にも付記されている。

この「六代歌集」は「『古今から新古今へ』の、歌壇的推移を示す過渡期の橋梁と見る外はない」というのは、『新古今和歌集』を高く評価するための決めつけを感じるが、しかし「その漸進的なる技巧の著しい発達と、わけても特に音律の聴覚美における彫琢(ちょうたく)苦心の発達」への注目は、表現意識の深化を的確に捉えている。

注意すべきは、『百人一首』の歌が多いことである。実は『百人一首』歌は「万葉集」の部(二首)、「古今集」の部(十首)、「新古今集」の部(八首)でも少なからぬ数が抄出されている。合わせて百首中三十六首が今回取り上げられていることになる。人口に膾炙したこの秀歌撰が重視されているのである。

「六代歌集」においては、三十九首中、十六首を『百人一首』歌が占めている。そしてこのうちの多くで、音韻・韻律について言及している。「『百人一首』の選は一層極端な聴覚主義で、大部分が調子本位の音楽的な歌である」(一六六頁)と別の個所で述べているように、『百人一首』を重視しているのは、韻律に目を向けさせるためなのであろう。

例えばこうである。

浅茅生(あさぢふ)の小野(をの)の篠原(しのはら)しのぶれどあまりてなどか人の恋しき

(一〇一頁、『後撰集』恋一・五七七・源等)

一首の音韻・韻律について、作者は興味深い論を展開している。上三句にno音とshi音が交互に重ねて現れ、かつ上句の冒頭と下句の冒頭が同じa音で押韻(おういん)している。このように、「最強声部たる第一句第一音と、同じく最強声部たる第四句第一音(下句初頭)とに、最も強い対比的の音(陽と陰との反対する対比でもよい)をあたえ、かつ上三句を出来るだけ重韻にして畳みながら、下四句以下で調子を落して変える」という押韻形式は、「短歌の一般的原則であって、多少の不規則や例外はありながら、大体においてよく出来た歌は皆こう成って居る」と述べる。読みをかなで示し、如上の押韻を図示すると、

[あ]さじうのおののしのはら　しのぶれど　[あ]まりてなどか　ひとのこいしき

となる。通常であれば、「しのぶれど」という心情語を導き出すために、「しの」の同音を利して「浅茅生の小野の篠原」が序詞となっている、という修辞の説明で終わってし

まうところであるが、朔太郎はさらに、「あさじうの」の「の」、および「おののの」の二つの「の」にも着目し、この序詞が、音の面で現代人にも訴えうる強い喚起力をもっていることに目を向けさせようとしているかと思われる。

ここで平安時代における歌の音韻への意識を振り返ってみよう。朔太郎の指摘とはうらはらに、初句冒頭の字と下句冒頭の字が同じになることを、平安時代や中世の歌学では平頭病（びょうとうびょう）と呼び、歌病の一つとして避けるべきこととしている。この事実を重く見れば、朔太郎の指摘は、上下の句頭の音に関しては誤りということになってしまいそうである。

もっとも平頭病は、歌合（うたあわせ）など、非難を避ける傾向がある公的性格の強い場での和歌に求められることで、実際の和歌には違反例も少なくない。とはいえ、やはり平安時代の歌人たちにとって、上下句初めの文字・音が同じであるのは、破調といってはおおげさだが、少なくとも正統的なものとは異なるという感覚があったのではないだろうか。和歌を味わおうとする人間にとって、気になる所だったに違いない。「しのぶれどあまりて」という抑制を破って心情が流露してしまうことと、修辞のルールへの違反となる危険性もある音の配置とが相まって、より印象的に作者の心の動きが伝わると捉えることもできよう。必ずしも朔太郎はそこまで言っているわけではないが、詩人の鋭い感覚が、一首の言葉の働きへの着眼点を教えてくれていると捉えることができる。朔太郎の音に対する感覚は実に鋭敏であり、歌の中の表現効果の急所に気づかせてくれるのである。

新古今集

『新古今和歌集』への評価は極めて高いものがあり、それが本書の特色の一つともなっている。「総論」の「「新古今集」について」では、「かくのごとく「新古今集」は、「万葉集」と並んで双絶であり、最も特色ある名歌集である」としつつ、また「古来一般に疎外視され、かつ最も悪評の多い歌集である」とされる。つまり本書の力点の一つは、この歌集を再評価することにある。

『新古今和歌集』は八番目の勅撰和歌集で、後鳥羽上皇の下命。撰者は源通具(みちとも)・藤原有家(ありいえ)・藤原定家・藤原家隆・藤原雅経の五名。元久二(一二〇五)年成立。ただしこれ以後も改訂が加えられ、完成は承元三(一二〇九)、四年といわれている。歌数は一九七八首前後で、『万葉集』を含め、それまでの和歌史の全部を選歌範囲とする。本歌取り技法に典型的なように、古を尊ぶ古典主義を基本としつつ、同時代の歌人たちの、極限まで研ぎ澄まされた表現意識を生かした、繊細な作品に特徴がある。

『新古今和歌集』からは百二十二首を選出している。歌人別にみると、式子内親王(十七首)と西行(十五首)が別格の扱いである。ついで同じ六首で、藤原俊成・和泉式部・藤原良経が並ぶ。その後に、慈円(四首)・源通具(三首)・藤原実定(三首)・藤原定家(三首)と続いている。

本書は「「新古今集」は、その絢爛な技巧の影に、人間情緒の哀切なる実情を力強く訴えている」と述べている。この見方は朔太郎独自のものといえよう。そしてこうした『新古今和歌集』の特徴をもっともよく表すのが、式子内親王と西行の和歌だということになる。一四四頁以下、式子内親王の

桐の葉も蹈み分けがたくなりにけり必ず人を待つとならねど　(秋下・五三四)

玉の緒よ絶えなば絶えね長らへば忍ぶることの弱りもぞする　(恋一・一〇三四)

忘れてはうち嘆かるる夕かな我れのみ知りて過ぐる月日を　(恋一・一〇三五)

しるべせよ跡なき浪に漕ぐ舟の行方も知らぬ八重の潮風　(恋一・一〇七四)

わが恋は知る人もなしせく床の涙もらすな黄楊の小枕　(恋一・一〇三六)

の五首の歌それぞれを好意的に評した後、

式子の歌はここに連載した数編の外、前にも沢山の恋歌を出して居るが、いずれも恋愛詩として秀逸であり、ほとんど皆名歌だと言っても好い。彼女の歌の特色は、上に才気溌剌たる理智を研いて、下に火のような情熱を燃焼させ、あらゆる技巧を尽して、内に盛りあがる詩情を包んで居ることである。即ち一言にして言えば式子の歌風は、定家の技巧主義に万葉歌人の情熱を混じた者で、これが本当に正しい意味で言われる「技巧主義の芸術」である。

と、情熱と技巧を統合しているところを絶賛しているのである。

翻って式子内親王の歌を考えると、『新古今和歌集』の撰者たちに比べて、最終的に調和のとれた世界に収めないところがある。誤解を恐れずいえば、定家や家隆のような専門的な歌人と比較して、ある種の素人っぽい不安定さがあり、それがこの歌人のえも言えぬ魅力にもなっている。そうした不安定さを感じさせる一因は、たしかに朔太郎のいうように、破綻を恐れず感情表現に踏み込むところにある。啓発的な批評である。

ところで本書には、和歌本文を恣意的に改変してしまうかのごとき発言が見られる。式子内親王に関わる歌で、一つだけ例を挙げよう。

ほととぎすそのかみ山の旅にしてほの語ひし空ぞ忘れぬ

（一三三頁、雑上・一四八六）

この歌の本文は、正しくは「ほととぎすそのかみ山の旅枕ほの語らひし空ぞ忘れぬ」で、第三句「旅枕」が「旅にして」に変えられている。『新古今和歌集』諸本にそのような異文があったわけでもなく、またケアレスミスでもない。「備考」において、「原本には三句が「旅枕」となって居るが、修辞上からも声調上からも、ここは「旅にして」でなければならない筈」と言っているから、確信犯的な改変である。言語道断と言いたくもなるし、実際に非難もされている。一方で朔太郎の読みの志向性がわかると同時に、そういう読みを誘発するこの歌の特色にも気づかせてくれる。

本来の第三句「旅枕」によって、一首には夜の旅宿の空間が立ち上がる。時鳥が現れるのにふさわしい時間であるとともに、男女の共寝の気分がまとわりつく。一方朔太郎は、「ほの語ふ」の「語ふ」は、時鳥が鳴くことに、男女の睦み合いを響かせている。「ほの語ひし」は初夏の日中の屋外を想像し、「男と二人草に坐して恋を語った」という場面を描きだしており、本来主題であった時鳥は背景に退いている。第三句を「旅にして」とすることで、作者の追想へと抒情が直線的に高揚していくことになる。

たしかに、「ほの語ひし空ぞ忘れぬ」というのは自分の体験にこだわった強い言い方であり、そこに斎院であった作者の、つかの間の旅の解放感が、時鳥の初音をいっそう新鮮に味わわせたと読み込まれることが多かった。ただし、先に述べたバランスの悪さはやはり認められる。また彼は、「ほの語ひし」を現代語に近いニュアンスで捉え、それと「枕」の間に矛盾を感じとっていたのだろう。誤読であり、恣意的な解釈には違いないが、それで済ませるには惜しいものがここにはある。中世和歌の本歌取りに近い感覚である。本歌取りも、古歌の言葉の意味を転換したり、言葉を入れ替えたりすることで新たな歌を詠む営みであった。「ほの語ひし」を今の言葉に置きかえ、新しい歌にしてしまうことは、中世の和歌を現代にいっそう魅力的に生き返らせようとする行為だといえば贔屓(ひいき)の引き倒しかもしれないが、少なくとも朔太郎が、和歌の世界に深く入り込み、実作者の感覚で歌を読んでいることの一端をうかがうことはできるだろう。

もう一人特別扱いされている西行はどうであろうか。「名歌」として絶賛されているのは、

遥かなる岩のはざまに独り居て人目思はで物おもはばや　（一二五頁、恋二・一〇九九）

である。「恋は孤独を愛し、人にかくれて瞑想することを悦ぶ。故にまた恋は人を哲学者にする。けれども哲学者が恋をする時、彼はまた一層の孤独と瞑想とに耽るであろう」という。恋の露見を恐れることを「孤独を愛す」といい、「物思ふ」を「瞑想」とするのは、近代的な解釈ともいえようが、ここでは「哲学者」の語に注意したい。「万葉集」「古今集」の章で述べたように、

大空は恋しき人の形見かは物思ふごとに眺めらるらむ　（七一頁）

を再掲しつつこれに並ぶ絶唱だとしていることから、西行の歌についても、「時間と空間の無窮の涯に、情緒の嘆息する故郷を慕う」、「プラトンの実在を慕う哲学」を見ていることになろう。「遥かなる岩のはざまの物思い」に、永遠なるものへの憧れを読み取っているのである。一四八頁では、「すべて西行の作である」として——五首目は慈円の歌で、「すべて」というのは誤りであるが——、次の五首を挙げる。

雲かかる遠山畑の秋されば思ひやるだに悲しきものを　（雑上・一五六二）

心なき身にもあはれは知られけり鴫たつ沢の秋の夕ぐれ　（秋上・三六二）

寂しさに耐へたる人のまたもあれな庵ならべむ冬の山里　（冬・六二七）

誰れ住みてあはれ知るらむ山里の雨降りすさむ夕暮の空（雑中・一六四二）

山里に訪ひ来る人の言草（ことぐさ）はこの住居（すまゐ）こそ羨ましけれ（雑中・一六七一・慈円）

いずれも、都を離れた地、とくに山里の悲しさ、寂しさ、あわれ深さを詠んでいる。ただしたんなる風景描写ではなく、いずれもその景趣を味わう人の思いを想像するという構成になっている。世俗を脱した、すなわち現実にまみれた社会を離れた地を、そこにいる人の思いを想像するという形で表している。脱俗への憧れであると同時に、心を同じくする友を容易には得られない孤独をかみしめているのでもある。

隠遁への志向は好まないけれど、それでも我々は西行の隠遁的詩境に誘惑される、というのも「けだし芸術の本源する所の者は、趣味でなくして精神の熱誠に存するからだ」という。朔太郎は、西行の歌の底にある真摯な情熱に共感しているのである。和歌の現代的意義にふれる発言である。長い歴史を通観しても、和歌はただたんに心情を詠むものではなかった。この世に容易にはあり得ぬ理想を歌うものであった。物事のあるべき姿を求め、しかし得ることが不可能であることを心の起点にして、願いや祈りの心を歌うものが和歌なのである。朔太郎が和歌に魅かれることになったのも理由のないことではない。西行は、遁世生活への強い憧れを読み続けた。それは和歌の抒情を復活させる結果となった。朔太郎は、こうした西行の詩情を、「今日なお永遠に我々のポエジイと共通して居る」と見て取るのである。

　和歌の歴史を見ると、革新の意欲に満ちた歌人は、古風に帰れ、というスローガンを掲げることが多い。現在流行している表現の傾向に対して、自分の新しさはより由来正しい様式に根拠づけられていると主張したいからである。『恋愛名歌集』における萩原朔太郎の試みは、そうした古（いにしえ）の歌人たちの営みに連なるものである。和歌の韻律、すなわち声に出した時の言葉の固有のはたらきの大事さを訴えた書として、私たちはすでに八百年以上前に、藤原俊成の『古来風体抄（こらいふうていしょう）』を持っている。風体（姿）とは、心と詞の調和したさま、すなわち抒情が言葉において実現している様態を指し、韻律にほど近い概念である。それだけではなく、『万葉集』及びそれ以降の勅撰集――『新古今和歌集』は同書以後の成立なので含まれないが――の抄出から成る点でも、またそれまでの和歌史を独特の視点から記述している点でも共通している。何より、本来の抒情性を再生することで詩を刷新しようという意志を同じくする。本書を昭和の『古来風体抄』と呼びたくなる所以（ゆえん）である。

初句索引

・本文中の和歌の初句を示して、頁数を入れた。配列は、現代仮名遣いによる五十音順とした。
・初句が同じ場合は、第二句、三句を挙げた。
・収録されている歌集名を入れた。次に『新編国歌大観』第一巻（角川書店、一九八三年）の歌番号を示した。ただし、『万葉集』は、旧『国歌大観』の番号とした。以下の歌集については、略称を用いた。

万葉集→万　古今和歌集→古　後撰和歌集→撰　拾遺和歌集→拾　後拾遺和歌集→後
金葉和歌集→金　詞花和歌集→詞　千載和歌集→千　新古今和歌集→新

・作者名を入れた。
『万葉集』の作者未詳→未　読人不知→不　とした。
『万葉集』中の「人麻呂歌集」→人歌　とした。

（岩波文庫編集部編）

あ

い

か

す

そ

た

〔編集附記〕

一　本書は、『萩原朔太郎全集』第七巻（筑摩書房、一九七六年十月）を底本とした。

一　原則として漢字は新字体に改めた。仮名遣いについては、和歌は、歴史的仮名遣い、著者の文章は、現代仮名遣いに改めた。

一　文中に出てくる、万葉集、古今集、新古今集、などの歌集名には、「　」を補った。

一　漢字語のうち、使用頻度の高い語を一定の枠内で平仮名に改めた。平仮名を漢字に変えることは行わなかった。

一　漢字語に、適宜、振り仮名を付した。和歌の振り仮名は、歴史的仮名遣い、著者の文章中の語には、現代仮名遣いを付した。

一　本文中に、今日からすると不適切な表現があるが、原文の歴史性を考慮してそのままとした。

（岩波文庫編集部）

恋愛名歌集（れんあいめいかしゅう）

2022年6月15日　第1刷発行

著　者　萩原朔太郎（はぎわらさくたろう）

発行者　坂本政謙

発行所　株式会社 岩波書店
〒101-8002 東京都千代田区一ツ橋 2-5-5
案内 03-5210-4000　営業部 03-5210-4111
文庫編集部 03-5210-4051
https://www.iwanami.co.jp/

印刷・三陽社　カバー・精興社　製本・中永製本

ISBN 978-4-00-310624-2　Printed in Japan

読書子に寄す

——岩波文庫発刊に際して——

岩波茂雄

真理は万人によって求められることを自ら欲し、芸術は万人によって愛されることを自ら望む。かつては民を愚昧ならしめるために学芸が最も狭き堂宇に閉鎖されたことがあった。今や知識と美とを特権階級の独占より奪い返すことはつねに進取的なる民衆の切実なる要求である。岩波文庫はこの要求に応じそれに励まされて生まれた。それは生命ある不朽の書を少数者の書斎と研究室とより解放して街頭にくまなく立たしめ民衆に伍せしめるであろう。近時大量生産予約出版の流行を見る。その広告宣伝の狂態はしばらくおくも、後代にのこすと誇称する全集がその編集に万全の用意をなしたるか。千古の典籍の翻訳企図に敬虔の態度を欠かざりしか。さらに分売を許さず読者を繫縛して数十冊を強うるがごとき、はたしてその揚言する学芸解放のゆえんなりや。吾人は天下の名士の声に和してこれを推挙するに躊躇するものである。このときにあたって、岩波書店は自己の責務のいよいよ重大なるを思い、従来の方針の徹底を期するため、すでに十数年以前より志して来た計画を慎重審議この際断然実行することにした。吾人は範をかのレクラム文庫にとり、古今東西にわたって文芸・哲学・社会科学・自然科学等種類のいかんを問わず、いやしくも万人の必読すべき真に古典的価値ある書をきわめて簡易なる形式において逐次刊行し、あらゆる人間に須要なる生活向上の資料、生活批判の原理を提供せんと欲する。この文庫は予約出版の方法を排したるがゆえに、読者は自己の欲する時に自己の欲する書物を各個に自由に選択することができる。携帯に便にして価格の低きを最主とするがゆえに、外観を顧みざるも内容に至っては厳選最も力を尽くし、従来の岩波出版物の特色をますます発揮せしめようとする。この計画たるや世間の一時の投機的なるものと異なり、永遠の事業として吾人は微力を傾倒し、あらゆる犠牲を忍んで今後永久に継続発展せしめ、もって文庫の使命を遺憾なく果たさしめることを期する。芸術を愛し知識を求むる士の自ら進んでこの挙に参加し、希望と忠言とを寄せられることは吾人の熱望するところである。その性質上経済的には最も困難多きこの事業にあえて当たらんとする吾人の志を諒として、その達成のため世の読書子とのうるわしき共同を期待する。

昭和二年七月